德維爾・
斯
Unthr g Creature Protection Associatio
Character : Deville Coraci
Profile
性別：男性
職稱：「無威脅群體庇護協會」救助部門－調解員
擁有「真知者之眼」的神祕人類。
Deville

約翰・洛克蘭迪
Unthreatening Creature Protection Association
Character : John Lockland
Profile
性別：男性
職稱：「無威脅群體庇護協會」救助部門－調解員
備註：克拉斯的搭檔
個性溫和勇敢的平凡血族。

GOBOOKS
& SITAK
GROUP©

GOBOOKS
& SITAK
GROUP©

三日月書版

三日月書版

volume
1
matthia 著
hinayuri 繪
三日月書
BL054
「無威脅群體庇護協會」
Unthreatening Creature Protection Association

Unthreatening Creature
Protection Association

無威脅群體庇護協會

Unthreatening Creature Protection Association

Contents

Unthreatening Creature Protection Association

Chapter 1

人類偽裝

傍晚時分，天空陰沉沉的。當約翰看到那幢小城堡般的別墅時，他幾乎想放棄這次工作。

房子在公路之外的岩石矮山上，通體灰色，比起民宅更像遺跡。狹窄的石頭臺階從灌木叢連接到前院入口，整體氣氛讓人忍不住想起《無人生還》裡的旅館。

約翰要找的人是德維爾．克拉斯，一位驚悚懸疑小說作家。他的住宅很偏遠，距離市中心足足有兩小時的車程。

沿著石階往上走，約翰終於站在古堡般的老房子前。

宅邸門前左右各有一根石柱，大概原本應該連著鐵柵欄或矮牆的，石柱上趴著像是石像鬼或小惡魔的東西，約翰分不太清楚，只覺得它們看起來很恐怖。走到門前，他才發現這裡竟然有門鈴，還有高科技現代化門禁系統，看來德維爾．克拉斯也不至於太過與世隔絕。

克拉斯的小說雖大多虛構情境，但細節真實，對恐怖事物的描述方式真實得令人印象深刻，彷彿閉上眼睛那些東西就會來到你眼前。

他的迷人之處不僅在於他筆下的詭譎世界，更在於他本人傳奇的經歷。

他的過去就像他的書一樣詭異。

德維爾．克拉斯還不到三十歲，卻在五年內結過三次婚，三次都以配偶意外身亡結束。之所以人們用「配偶」這個詞而不是「妻子」，是因為其中有一位是男性，按照當地法律不算婚姻，只能算締結民事伴侶關係。

那些人紛紛死於意外，而且是經過警方嚴密調查後已有確切結論的那種意外。之後，作家克拉斯先生沒再結過婚，而外界一直在質疑他——這簡直是活生生的當代藍鬍子。最近，人們漸漸開始再次追捧他，把他傳說得像惡魔一樣迷人。畢竟他的書很精彩，而且從照片來看，他長得也還算英俊。

作家克拉斯先生打開門時，約翰暗暗吃驚：這個人並不陰沉孤僻，反而相當愛笑。如書上的照片一樣，德維爾．克拉斯有一頭微捲的黑髮，文質彬彬且身形瘦長，笑容十分燦爛。本來約翰一直以為那是因為拍照時必須微笑，現在看來，平時的克拉斯比照片上更愛笑。

「我一直在等你來！」黑髮作家穿著襯衫長褲和居家圍裙，上面還畫著小鴨子，一手拿著鍋鏟一手握著一顆雞蛋，做出擁抱又中途收住的動作，「約翰．洛克蘭迪先生對吧？郵件裡關於《化為光》的評論看得我幾乎要落淚，天哪，連我自己都沒這麼瞭解它。請進吧。」

克拉斯指的是他自己的一則短篇，名字很溫暖，其實是個鬼故事。約翰專門做了點功課。

現在約翰的身分是來自新雜誌的編輯，打算寫點關於靈感來源的訪談，在雜誌上做專題。而實際上，他不是來自任何雜誌，他是專門賺刊登獵奇新聞的小報刊的錢。他需要的不是作家先生的新點子和寫作經驗，而是其私生活以及喪偶經歷。

走進房子後，約翰再一次發現自己認知有誤。

克拉斯的家從外觀看像一間祖傳老屋，但內部已經重新裝修過，保留了適合房屋結構的古典細節，整體卻明顯屬於現代風格。比如玄關的視訊電話、寬闊客廳裡的家庭影院影音組合、體感遊戲機和散落於沙發上的藍光ＤＶＤ，以及被改造成開放式廚房的另一半客廳。

這麼大的房子本來應該顯得陰森空曠，顯然現任主人刻意把它搞得擁擠化了。克拉斯似乎非常喜愛五顏六色的軟墊，有的頗具設計感，也有小熊或小兔子的形狀。他還把牆壁加裝出一整片書櫃，最上層要靠Ａ型梯才能拿到。

在約翰正忙著四下觀察時，克拉斯似乎在廚房打翻了什麼東西，櫥櫃邊傳來稀里嘩啦的聲音，接著是幾下爆裂聲。

「怎麼了？」約翰問。

「不，謝謝，我很好……不用，我自己來！」

約翰覺得有什麼地方不對勁：克拉斯最後突然拔高聲音，像在用力強調。可是自己並沒進一步問什麼啊？

這點小發現沒有嚇住約翰，反而讓他更加激動，這說明作家先生身上確實有值得關注的東西。

過了一會，克拉斯端著他憂傷的作品走了出來。

大概因為整天都是陰天，今天的傍晚比平時更昏暗。在照明不足的情況下，克拉斯手裡的那盆東西令人難以分辨形態，即使在他來到燈光明亮的客廳後也一樣。約翰只能看出上面點綴著月桂葉，其他部分則是一團模糊，難以分辨。

現在臨近晚餐時間，但約翰在預約時並沒打算和他吃飯，看著這盆東西，約翰有點緊張。

「抱歉讓你等這麼久。」克拉斯用哀悼的姿態站在桌前，「早知道會失敗，我就不浪費時間了。我的愛好是做點心，但不擅長裝飾外表，味道應該還可以。如果不介意可以嘗嘗看。」

不，我非常介意！

約翰看著盤子裡一坨不可名狀之物，簡直懷疑那幾位死者都是被它殺死的。

於是他立刻擺出職業的一面，打算和克拉斯談談作品和新雜誌。克拉斯解下圍裙，倒了兩杯咖啡，老老實實坐下。

他們談了一些空泛的東西，比如開始寫小說的初衷、最滿意的作品等等。約翰曾以為德維爾．克拉斯是個嚴肅或害羞的人，但他錯了，他發現克拉斯非常健談，甚至還有點過於多話。

等到覺得時機差不多，約翰決定主動引導一下話題，慢慢拋出他想問的東西。

「克拉斯先生，」約翰說，「我們想做一個清晰、有良好引導的專題，而不是為獵奇而獵奇，我們想把重點放在你的人生經歷、心態轉變等等對文學風格的影響上，而不是草率地說一些……諸如『魔鬼的詛咒』『祭品』之類不負責任的形容。所以，關於……」

克拉斯想了想：「我明白，是指關於我失去過的那些人？」

「是的，」約翰說，「比如，在經歷了那種悲痛後，您是怎麼一次次走出來，回到生活和寫作裡的？」他擺出關切而沉痛的表情，盡可能顯得嚴肅，避免出現八卦的嘴臉。

他以為克拉斯會閃爍其詞，沒想到，這位作家竟然回以一個感動的微笑：「你是第一個這麼問的人，真的。很多人採訪過我，他們通常會問我慘劇的細節，問我最近是否又墜入愛河，或者問我信仰什麼——他們希望我回答撒旦教甚至大衮密令教嗎？」

約翰被嚇了一跳，此時克拉斯竟然開始眼眶發紅，張著嘴頓了頓，果斷地從衛生紙盒裡抽出衛生紙擦眼睛。

「這份工作壓力很大，而且幾乎沒人能瞭解。」克拉斯長呼了一口氣，尷尬地笑了笑，繼續說，「當愛琳因強化玻璃自爆而被割破動脈後，我想，我再也不能面對……後來，我以為自己好起來了，直到史密斯死於瓦斯爆炸……」

約翰是個敏銳的人，他立刻察覺到這段話不對勁。克拉斯在說實話，並沒演戲，但他省略了某些東西。

約翰幾乎可以肯定，克拉斯所說的「壓力很大」並不是指寫作，那句「再也不能面對」也沒有指明到底是面對什麼，是婚姻還是小說？也許克拉斯確實需要談這個，他需要發洩，不管是為魔鬼的詛咒還是完美謀殺，總之他在承受著壓力。於是約翰順水推舟地問了下去：「但你沒有放棄寫書，也沒有放棄生活。」

克拉斯說：「是的，我不會放棄愛好。現在我好多了，因為我不需要再那麼……」

這時，樓上傳來一聲鈍響，像是巨大沉重的櫃子被推倒在地一樣。約翰嚇了一跳，反射性地站了起來。

「抱歉，我離開一下。」克拉斯也立刻站起來跑出客廳，「大概是樓上的窗戶沒關。稍等。」

說完，他快步跑上樓。約翰能聽到他匆忙的腳步聲越來越遠。

外面確實起風了，隔著客廳的窗戶，約翰能看到外面的樹枝被吹得東倒西歪。現在還不到六點半，但天色已經漆黑，看起來會有一場雨。

約翰坐回沙發上，看著茶几上的巧克力、洋芋片和喝過飲料的杯子，又看到沙發上放著那團被擦濕的衛生紙，還有平板電腦……剛才那聲怪響很嚇人，可是身在如此凌亂而溫馨的環境裡，會讓人忘記危險。

又等了一會，約翰終於開始覺得不安了。克拉斯未免也去太久了吧……而且仔細想想，那根本不像風吹窗戶的聲音。

於是他站起來走出客廳，沿著樓梯走了上去。

「克拉斯先生，需要幫忙嗎？」

沒有人回應他。他走過大平臺，選擇右側的樓梯上了二樓。

二樓有很多房間，簡直可以開小旅館了。牆上貼著綠色夾雜小白花的壁紙，房門鑲嵌著純白色古典木線，門把手上還包裹著蕾絲。一般人不會如此細緻地處理無人居住的房間。

為留下圖片資料，約翰拿出手機拍了幾張照片。就在他按下快門的時候，其中一扇房門下的縫隙裡有影子閃過。

約翰屏住呼吸。那就像是屋裡有人靠近門再離開。

德維爾．克拉斯是一人獨居，偶爾請清潔公司來整理家務，而且他曾否認最近有新的戀人。

約翰是個經驗豐富的祕密挖掘者，他知道一點小小的荒謬感往往意味著幕布下更多的祕密。

這時，樓上又傳來接連兩聲悶響，像是有人摔倒和有人用力關門。約翰退出走廊，立刻聽到腳步聲從上而下靠近。

「克拉斯先生？」他試探著。

這次克拉斯的回答很及時：「沒什麼事！請放心，很安全！」

但這個答案往往意味著不安全。

約翰更確信這間房子以及作家本人都不正常——他並沒有問是否存在危險，但克拉斯卻回答「很安全」。

「抱歉，樓上有點事……暫時處理好了。」克拉斯領著約翰回到客廳。

約翰發現，克拉斯的頭髮有點亂，襯衫也被扯歪了。起初克拉斯領口的鈕釦繫到最上面一顆，現在卻敞開兩顆。

從作家先生有些故作鎮定的模樣看來，也許有什麼事正在發生。約翰跟在克拉斯後面，看了看樓上，猜測著這幢詭異屋子的真相。

黑暗的天空中亮起一道閃電，接著是滾滾悶雷。看來真的要下雨了。

他們坐在窗邊的客廳裡繼續談話，說到計畫中的新書、雜誌的定位、以往的知名驚悚小說等等。最後，話題又一次不可避免地提到了克拉斯的三次喪偶。

其實這是約翰的小詭計，他故意引導，讓話題不知不覺回到這上面。

「我難以想像，她會以那麼慘烈的方式離開我。」青年作家微低著頭說。

現在外面暴雨如注，約翰覺得這種氣氛更加適合談話了。他開著錄音筆——當然，並沒經過克拉斯同意——聽到這裡，他頓時覺得如墜雲霧，克拉斯的用詞越來越驚悚了。

克拉斯接著說：「我知道外面的傳聞。先生，別否認，其實你很好奇吧？」

約翰尷尬地點點頭：「看來，無論如何我都避免不了失禮……請相信，我真的不想強迫你回憶不願提起的事。」

「我問你一句，」作家嘆口氣，「約翰．洛克蘭迪先生，你是想寫神祕詭異的當代藍鬍子呢，還是為別的目的而來？如果是前者，請隨便寫吧，多獵奇都沒關係，我來幫你執筆都可以，我保證寫一個足夠吸引眼球的版本；如果是後者……請直言需求吧。你是從哪裡來？又為了什麼而來？」

約翰暗暗攥了攥拳頭。

其實他需要的是前一種，最世俗的那種。但此時坐在這裡，他已經越來越好奇了，他想知道這裡究竟發生過什麼。

他決定真假參半地將對話繼續下去：「我是自由撰稿人，我——」

話剛說到一半，驚雷突然在很近的地方響起。

克拉斯緊張地站起來，看向客廳外樓梯的方向。此時太陽已經下山，屋子裡越來越黑，大雨依舊滂沱。

「什麼？」克拉斯對著空氣說，「不可能！我剛才還加固了！」

約翰驚訝地坐在原地不敢動彈。這位作家的模樣相當認真，甚至面帶恐懼，他繼續和空氣對話：「這下麻煩了！它騙了我，我還以為它是人間種！」

克拉斯徹底無視約翰，起身衝向樓梯，並繼續說：「兀鷲跟我來，海鳩去看好另外一隻！」

誰？約翰瞠目結舌地緩緩站起來。

克拉斯的姿態就像和左右的同伴說話，他跑過的地方像有風拂過矮櫃上的桌布和瓶子裡的乾燥花，那絕不是一個人經過時能產生的氣流。

約翰心一橫，開著錄音筆和手機的錄音功能，把它們穩穩夾在口袋裡，也跟了上去。

再次走上樓梯時，他聽到二樓傳來一聲尖細的叫聲，像是動物，也有點像女性的尖叫。他來不及多看，就跟著腳步聲向三樓走去。

沉重的敲擊聲傳來，接著是東西倒下的零碎聲音。

約翰衝向聲音所在的方向。他看到一條紅色繩索在牆壁高處彎曲懸停，就像是綁著隱形的人體一般。還來不及驚訝，他又聽到旁邊雙開門內傳來激烈的碰撞聲。

他衝進去，看到了令他震撼至極的一幕：一個通體皮膚泛灰、體型健美的生物正把克拉斯按在書桌上，一手捏住他的下顎和脖子，一手將他的雙臂固定在頭頂。克拉斯的手裡還抓著一截粉筆，因為掙扎，他幾乎快要將它捏碎。房間四壁遍布複雜的幾何圖案，其中不少已經被破壞了。

約翰一時動彈不得，他從沒見過這樣的人種——身材修長，膚色卻略顯灰暗，有像男性模特兒一樣的體格；它渾身肌肉緊繃，面孔俊美卻帶著令人畏懼的邪惡，背後憑空出現一對黑色蝠翼，黑髮泛著紅色光澤，眼瞳也是紅色的。

那個生物正緩緩抬起頭，凶惡而不屑地看向闖進來的約翰。

約翰左顧右盼，最後目光停在克拉斯身上。這是什麼情況？這是什麼生物？它要對克拉斯做什麼？

他幾乎覺得可笑，此情此景，自己腦海中浮現出的第一個猜測竟然是「強暴未遂」……因為怪物和克拉斯的姿勢真的很像。

這個下流的猜測也許是真的，那灰皮膚的傢伙是全裸的，而且它雙腿間的東西已經緊繃著高高昂起，和體型對照來看，那東西的尺寸大得有些可怕。

克拉斯用膝蓋狠狠撞擊怪物的肚子，這一擊沒能讓怪物放手，但卻讓鉗制他脖子的手稍微鬆動了一下。趁這機會，克拉斯艱難地向約翰喊：「先生！幫幫我！它不算很強，你能打敗它！」

怪物又低頭盯著克拉斯的雙眼，克拉斯想要回避，但被怪物箝制住下顎。怪物的眼睛裡交替閃爍著什麼，像是要對抓到的人類進行控制，克拉斯在抵抗，它一直沒能成功。

它一邊繼續嘗試，一邊慢慢壓低身體，把腰部擠進人類的腿間。約翰震撼地看著，手心冒汗，全身繃緊。

「你還在等什麼！」克拉斯向約翰奮力喊著，「都什麼時候了……求你！別裝人類了！」

約翰覺得，如果用文學修辭來表述，此時此刻自己的感覺應該是——心跳像漏了一拍。

「原來你一開始就知道……」

約翰瞇起眼睛，決定把這份吃驚先放到一邊。接著，他以肉眼難以察覺的速度瞬間衝到了怪物面前。

他的心永遠不會漏跳一拍的，畢竟它已經很久沒有跳動過了。

彷彿察覺到威脅，灰色皮膚的怪物鬆開手，一躍而起。約翰在它面前急停，然後轉彎，追擊而上。他的反射能力令人震撼，但克拉斯卻絲毫不吃驚，只是揉著脖子冷靜地讓到一邊。

約翰抓住怪物，那手感和人類無異，可是它皮膚下蘊含的力量卻像火焰般猛烈。他推著怪物，借著衝擊力撞向一側牆壁，怪物瞪視著約翰，企圖用暗示能力讓他停止動作——約翰能感覺到對方在嘗試心靈控制，但一直沒成功。正如克拉斯所說，這個生物並不是很強。

怪物的蝠翼不停搧動，想擺脫約翰的手卻做不到，它相當震驚，沒想到這個看上去與人類無異的傢伙有這麼大的力量，像鐵錨般令它無法讓身體騰空。

克拉斯貼著牆壁離開房間，跑向走廊裡嵌著紅色繩索的牆邊。這時怪物用虎牙割破自己的手指，一道同樣的紅色繩子如有生命般撲向約翰。

那並不是真的繩子，而是怪物的血，它服從其主人的命令，像蛇一樣準備捲住敵人的脖子。

約翰後退一步，抓住血形成的繩索，怪物掙脫約翰的鉗制後，決定放棄這個難對付的傢伙，轉而向克拉斯追過去。

不過，它還沒來得及飛出十英尺就被拉住腳踝拖倒在地。約翰用了相當大的力氣，地板都跟著震了一下。

他一腳踩住怪物的肚子，厭惡地看著它赤裸下半身的某處終於緩緩疲軟下去。

「天哪，我這是什麼運氣，簡直做夢都想不到啊。」約翰抓著那根不停扭動掙扎的繩子，兩手一拉，把它壓平後揉成了一個圓球——然後像吃點心般一口口吃了下去。

怪物的表情幾乎可以說是驚恐了。

「惡魔的血……」約翰舔了一下嘴唇，還把指腹殘留的紅色也舔掉，「這也太奇幻了，如果說給我的家人聽，他們一定會覺得我瘋了……」

怪物怎麼掙扎也逃不掉，一邊慘叫一邊絕望地看著約翰慢慢蹲下來，用膝蓋頂住它的胸腹，有力的手掌抓住它的頭——

克拉斯站在牆邊，從各種角度嘗試扯掉那根紅繩，卻一直不成功。這時約翰走了出來，伸手把繩子拽掉，像吃義大利麵一樣吃掉了。那瞬間，約翰發現繩子似乎真的束縛著什麼東西，雖然他依舊看不見。

「你沒殺它吧？那個怪物。」克拉斯問。

約翰有些尷尬，沒有回答這問題，而是說：「你是什麼時候看出來我不是人的？」

「你沒殺死它吧？我沒有許可權……」克拉斯急急地走回房間，看到怪物昏迷在地上，「果然沒死，太好了。」

「你看得出來它沒死？」約翰跟在後面。

「我看得出來。」

克拉斯從口袋裡拿出一根粉筆，開始圍著怪物寫字。那似乎就是所謂的「符文」或「魔法陣」，至少和約翰在奇幻電影和電子遊戲中見到的很類似。

克拉斯的手法嫻熟得像在寫很日常的東西，速度也相當快，每個字母都一絲不苟。寫完地上的，他又在怪物的額頭和雙手上也畫了小型符文。

「你到底是什麼時候發現我不是人的？」約翰又問了一次，克拉斯仍然沒有回答。

寫完魔法陣，克拉斯站起來對著空氣說了聲：「我沒事了，你去看看另一個。」

然後他微微低下頭，用帶著點歉意的表情對約翰說：「抱歉，也許會讓你覺得不舒服。其實從見到你開始我就發現了……你是血族對嗎？」

約翰已經很久沒被人認出來過了。

從他來到這個城市打工，成為自由撰稿人開始，無論是日常出入超市、銀行等場所，還是偶爾去酒吧玩玩或路過教堂，他都從來沒有被人認出來過。

「為什麼？因為我得到允許後才抬腳準備走進來？」約翰問。

克拉斯輕笑著搖了搖頭。在他正準備解釋時，外面又是一道閃電，樓下傳來女人痛苦的尖叫聲。克拉斯立刻跑了下去，約翰也緊隨其後。

「你到底是怎麼認出我的？」約翰急切地想知道答案。

他沒有在作家身上感覺到任何力量。如果能知道對方是如何識破自己的身分，他就能知道未來該如何更好地隱藏。

克拉斯反問他：「這個說來話長，以後我慢慢解釋。先生，你是領轄內的，還是野生的？」

「……什麼？」

「你是至今仍歸屬於某個大家族，還是沒有人管束，和零星親友自行避世？」

約翰覺得「野生」的說法太過可愛，彷彿在說家貓和野貓一樣。克拉斯看起來就是普通人類，他竟然識破自己的身分後仍毫不畏懼，這一點令約翰有種說不出的感覺。

「我有父母和一個妹妹，」約翰說，「我妹妹在三十幾年前的一場事故後……她在臨死前才被我母親轉化並收養的，所以他們帶著她到鄉下生活，我一個人在城市工作。」

因為那個女孩還很年輕，還要接受教育，而且她對陽光毫無抵禦能力。克拉斯瞭解地點點頭。

他們走到二樓，之前約翰觀察過的那間屋內傳來痛苦的尖嘯和掙扎聲。

「先生，剛才你看到的東西是一隻因裘巴斯。」克拉斯說，「它是一種惡魔，也有人更直接地稱它為『魅魔』。」

「魅魔？」約翰大吃一驚。很久以前，他曾經聽人提過這樣的惡魔。那個年代人們都畏懼著黑暗中的生物，擔心魅魔在夜晚操控他們，吸取他們的生命。

「可是我聽說魅魔是美女的形象……」約翰說。

克拉斯說：「哦，人們常見的魅魔叫『薩裘巴斯』，就是美女的樣子。而因裘巴斯是男性外貌，比女性外型的同類弱小很多。剛才那一隻是我疏忽了，我不該和它對話的，它讓我以為它是『人間種』，所以我用了比較薄弱的束縛，而其實它是『深淵種』。」

「什麼是人間種和深淵種？」

「相當於惡魔的出身。」克拉斯指指走廊裡的那道門，「深淵種是指原本生活在惡魔領域，利用一些小手段或兩界裂隙跑來人類社會的惡魔；這裡面是個女性魅魔，它就是深淵種，它正在更加嚴密的束縛法陣裡掙扎呢。而人間種，是指直接在人間出生的那些。」

「還有惡魔在人間出生？」約翰大吃一驚，「天哪，怎麼可能？惡魔欸！它們真的是惡魔嗎？而不是……輻射變異的人類？」

克拉斯忍著笑看了他一眼：「你真的是血族嗎？你真的不是輻射變異的人類？」

「這又不一樣。」約翰說，「從古時候血族就存在了，這很科學，而惡魔什麼的……簡直太奇幻了。」

克拉斯笑了笑：「是啊，你們都覺得自己很科學……不愧是野生的。抱歉，我沒惡意，我的意思是，領轄內的血族會學習有關黑暗生物的知識和基礎魔法理論，也會學習當代社會的科學常識。當然，你現在開始瞭解也不晚。」

「我真的不太想瞭解……」約翰皺皺眉，「剛才那個怪物想對你幹嘛？前面的房間裡還有另一隻？」

「它想控制我，透過親吻和做愛來吸取我的生命力。」克拉斯毫不避諱地說，「前面房間裡的深淵種女魅魔也會這麼做。附近的線人發現了它，並用時效很短的藥物把它控制起來，我才有機會束縛它。它很強大，我們暫時對付不了，要等專業的人趕來。」

「線人？」約翰聽到了一個警匪片裡常見的詞。

克拉斯又對著空氣說話：「海鳩，幫我拿新建存檔表格。」

「你在跟誰說話？」約翰問。

克拉斯微笑著，兩手做了一個奇怪的手勢。他身邊的空氣中浮現出兩個飄在半空中的人形，都是半透明的，一個身穿白長裙，一個穿著黑色燕尾服。他們都已經失去五官，只剩下骨白色的乾枯皮膚和骨架，而且他們的顏色很暗，就像站在陰影之中。

約翰嚇得退了好幾步，緊緊抓著樓梯欄杆。

「這是海鳩女士和兀鷲先生。」克拉斯說，「洛克蘭迪先生，請不要吃驚成這樣，你好歹是血族吧？我只是個人類，我看到你都沒有嚇成這樣。」

「可……可是……他們……」約翰看著海鳩飄去別的房間，似乎是去拿克拉斯要的東西，他驚訝得話都說不清楚，「他們是……鬼？」

「半實體幽影，理解成鬼也可以。他們是我的私人助理。」克拉斯說。

約翰想起了自己來這幢房子的目的——挖掘作家德維爾．克拉斯和他那些死去伴侶的故事。他幾乎認為這兩個東西就是那些死者的靈魂，可是不對……還有一個在哪？

海鳩拿著一份檔案飄了回來，把它交給克拉斯。克拉斯從牛皮紙袋裡拿出一份好幾頁的表格遞給約翰。

「這是新建存檔用的，先生，請去那邊填寫一下。」

「為什麼？這是什麼？」約翰看到表格的題目上寫著「登記存檔表——無威脅群體庇護協會二〇一三年版」。

「我沒有戶口……」

「和你的戶口類似。」

「現在有了。」克拉斯說，「先生，沒出意外狀況前，我問過你到底是來做什麼的，原本我以為你是專門尋找協會，只是不好意思開口呢。你是野生的，未進行登記，所以現在進行登記吧。」

約翰掃了一眼表格的前幾項，無非是姓名、性別還有家庭成員等等，年齡一欄分為兩項：實際年齡和社會身分年齡；還有填寫人類身分種族和生物種族的地方。

他剛想問點什麼，走廊盡頭房間裡就發出了更尖銳的聲音，伴隨著外面的一道驚雷，屋內也爆發出一陣紅光。

「它想掙脫……」克拉斯拉著約翰往後退了退。

兀鷲發出一陣難以理解的呢喃聲，約翰聽不懂，克拉斯卻可以與之對話：「是的，它的力量很強，比我們之前遇到的要強。不，你們不要進去，它有辦法對付虛體，很危險。」

海鳩似乎在問什麼，克拉斯說：「如果實在太危險，我們只能先撤離。我去房子外面畫一個法陣。」說完，他跑下樓梯，從門口的櫃子裡拿出兩包雨衣，丟給約翰一包，開門衝進了暴雨中。

約翰看著大開的房門，又看看不斷閃現紅光的二樓房間，猶豫著是該守在屋裡還是跟上克拉斯。身為血族，約翰隱於城市，打零工和從事自由職業，每天寫獵奇或桃色的新聞，家裡藏著一堆抽血用的針筒，生活也相當安逸而精彩。他已經很久不對人類使用牙齒了，因為使用牙齒對血族來說更容易失去清醒。他基本已經把自己當成了普通人。

今天他只是來採訪恐怖小說作家的。當作家先生一次次表現出詭異的行動時，約翰雖然覺得奇怪，但並不害怕，因為他知道，就算作家真的是殺人魔且凶相畢露，他也能輕鬆應付。可是現在是什麼情況？作家克拉斯的屋子裡關著兩隻惡魔，還有兩個幽影祕書，而克拉斯本人似乎對此類事物習以為常。

就在約翰猶豫的時候，海鳩和兀鷲像是察覺了什麼，都轉而衝向二樓房間。他們還沒靠近，門板就被「轟」地一聲炸開，一股濃烈的香味伴隨著深淵的氣息逸散出來。

「它出來了！」約翰大喊一聲，不知道隔著雨幕克拉斯能否聽見。

那個薩袞巴斯從走廊深處飄出來，雙手各執一條紅色鞭子。它也同樣赤身裸體，有著黑色長髮和蝠翼，但它和灰皮膚的男性魅魔不同，它有著人類女性般粉嫩的膚色。

它從二樓疾衝下來，約翰迅速退出大門，躲開了它手上鞭子的揮擊。他能感覺到，同樣是用血液做成的武器，它的武器帶著熾熱的力量，比剛才那些只能算是零食的繩子強大許多。

大雨立刻淋濕了約翰身上的衣服。女魅魔漂亮的杏眼盯著他，開始嘗試精神控制。約翰彷彿能看到，它每前進一步都在用魔力侵蝕身周萬物，那股濃香如一條條觸手般貼近並撩撥他。約翰不知道普通人類能否在這種誘惑下保持心智，正如克拉斯所說，這隻惡魔比剛才那隻厲害。突然，魅魔的身形變得透明，像是消失在空氣中，不過約翰的眼睛仍然捕捉到了它的行動軌跡。

它大概看出約翰不是人類，比較難對付，所以打算轉而找真正的人類下手。

魅魔剛剛掙脫束縛法陣，身體急需補充養料。它感應得到克拉斯在哪，且急於吸取他的生命來填飽自己，順便報復他的無禮。它幾乎只用了不到一秒就來到屋後的石階邊，克拉斯穿著雨衣匍匐在雨中，正用銀色的油漆筆寫著什麼。

克拉斯愣在那裡，不知該先逃開還是該賭一把完成最後的字元。這時，約翰緊隨在魅魔身後追了過來。

約翰撲上去推開魅魔。這隻怪物力量很大，他無法像剛才一樣徹底壓制它。魅魔用鞭子勒緊他，滾燙的血液燒灼著他的皮膚，約翰沒有因此放手。他能評估出自己身體受到的損害，這對他並不致命，雖然確實很痛。

克拉斯的字元寫完了，在油漆筆寫完最後一個轉彎後，一個透明的半圓形巨大防護罩把整座房子都扣在裡面，但雨水依舊能穿過它。

約翰推壓著魅魔撞在防護罩上，惡魔的蝠翼和肩背接觸到透明壁障，發出「滋」的一聲，像是貼在了灼熱的鐵板上。它慘叫著，猛地用力，鞭子捲著約翰的腿，讓他也不小心撞在了防護罩上。

疼痛頓時蔓延開來，像皮膚被熨斗燙到般。約翰奮力推開魅魔，離開壁障。

「真痛啊……」約翰無暇檢查肩上的傷處，他大概能想像防護罩是什麼了，總之一定是某種聖屬性魔法。現在他和魅魔都被困在裡面，身為人類的克拉斯應該可以出去。

「什麼？路很滑？」克拉斯的聲音透過雨幕傳來，他還在壁障裡面，正在打電話，「妳們快點！我這裡要死人了！」

沒等他說完，魅魔便向他逼近。約翰迅速衝上去纏住惡魔，讓它無法靠近克拉斯。

「快跑！」在與惡魔糾纏的間隙，約翰對作家大喊，「你在這裡很危險！你是個人類！」

克拉斯點點頭，離開了壁障範圍——他果然是人類。他跑到通往小山下的樓梯邊，伸長著脖子似乎在等什麼。

約翰越來越相信剛才作家的話了，他覺得自己確實打不過這隻惡魔。如果不是剛吸取過男魅魔的血，也許他根本堅持不到現在。

打鬥之餘，約翰看到克拉斯脫下雨衣，開始在雨衣上寫東西，並沒離開。躲過魅魔的一鞭後，約翰打滾著站起來，看到克拉斯竟然又跑回了壁障裡面。

「約翰！過來！快！」克拉斯對約翰高喊著，並張開雨衣。

約翰不明白他的意思，但還是朝他跑過去。他以為是作家先生有什麼好用的法術，於是他瞬間就撞進了克拉斯懷裡。

因為速度的衝擊，克拉斯被撞得仰面跌倒。緊接著他立刻翻身把約翰壓在身下，並用雨衣裹住。剛才撲過來時，約翰能感覺到身後魅魔追擊的速度。被克拉斯用雨衣抱住後，他的第一個想法是：天哪，克拉斯，你在幹什麼？它會殺了你的！

還沒來得及掙脫，約翰就聽到了一聲清晰的槍響。

Unthreatening Creature Protection Association

Chapter 2

平民與恐怖片

身為吸血鬼，約翰產生了非常世俗的想法：難道剛才克拉斯打電話報警了？是警察來了？

當然不是警察。約翰從雨衣帽子的縫隙中，看到一個纖細的身形從長階跳了上來，向他們身後不遠處連續開槍。

來者是穿著亮黃色運動套裝的金髮女孩，裝扮風格讓人想起《追殺比爾》的女主角。她帶著愉快的笑容開了幾槍後，隨手把槍丟在地上，拔出腰間的一把長刀，衝向惡魔。之後從這角度就看不見她了，只能聽到雜亂的腳步聲、惡魔的慘叫以及刀具砍中什麼的聲音。

接著，另一個女孩從石階走上來。她看起來比金髮那位稍微年長幾歲，黑髮整齊地盤在腦後，穿著職業套裝和襯衫，撐著傘，提著很大的公事包，鼻梁上的無框眼鏡沾了不少雨點，皮鞋上還套著塑膠鞋套，看起來滿臉憂愁。

「卡蘿琳！別砍手啊！」戴眼鏡的女士喊著，「妳可以砍翅膀！夠了！妳快要殺死它了！我們來得很急，還沒有經過許可呢！」

令人不願想像畫面的慘烈聲音消失了，金髮女孩回答：「好了好了，該妳了。」

卡蘿琳走回同伴身邊接過傘。戴眼鏡的女孩則從公事包裡拿出一根像馬克筆的東西，在空氣中迅速畫出閃著霓虹光芒的小型法陣。她把小法陣揚手拋起，像羽毛球發球般將它擊入上空。

克拉斯發現約翰在偷看，急忙把雨衣帽子拉上去，蓋住他的臉，並強迫他把腳蜷起來，保證全身都覆蓋在雨衣下，繼續牢牢壓住他。

小型法陣在夜空中像煙火般炸開，無數閃光的碎片伴隨著雨水一起落向地面。約翰被克拉斯的雨衣保護著，沒有感覺到不適，此時他清楚地聽到了女魅魔生不如死的慘叫聲。屋裡的男魅魔也開始哀號，接著，房子附近接連響起許多細小的奇怪聲音。等聲音全部平息後，閃光的碎片也消失了。大雨還在繼續，女魅魔卻不見了。卡蘿琳從地上撿起一顆網球大小的不透明晶體，交給她的同伴。

克拉斯從約翰身上移開，掀掉雨衣，上上下下地打量著他，似乎在確定他是否受傷。

「你畫了護盾保護他？」卡蘿琳走過來，渾身帶著一種詭異的壓迫感。

明明她看上去是個還不到二十歲的年輕女孩，笑容燦爛且甜美，但約翰卻很想站起來逃走。

黑髮女孩也走了過來，驚嘆道：「克拉斯，這是你新救助的嗎？是什麼來歷？」她對克拉斯伸出手，克拉斯拉著她的手站了起來。

「他不是被救助的，是個朋友，」克拉斯說，「我要感謝他，如果不是他，在妳們趕來前我就遇難了。」

黑髮女孩對約翰伸出手：「很高興認識你，我是麗茨貝絲，你可以叫我麗薩。」

約翰一臉呆滯地和她握手並自我介紹。這時，名叫卡蘿琳的金髮女孩正興高采烈地到處亂跑，她冒雨四處翻找，找到很多大小不等的球狀晶體。

「克拉斯，你的屋子附近該掃除了，真是生機勃勃的大自然啊！」卡蘿琳把這些東西全都塞進麗薩的包裡。約翰依稀能明白，她指的「掃除」應該是清除像剛才的惡魔那類東西。

陣雨已經過去，黑色的天空上露出雲的灰色痕跡。克拉斯正和兩個女孩談話，不時夾雜著「逮捕」「處決」「遣送」「逃犯」這些字眼，簡直像是便衣刑警在對話。

也許是察覺到約翰的目光，卡蘿琳保持著微笑走了過來：「抱歉，我都把你忘了。感謝你保護了真知者。」

「真知者？」約翰看了克拉斯一眼，他猜這個詞應該是指作家先生。

卡蘿琳像小動物般甩了甩被淋濕的金髮，向約翰伸出手。約翰知道自己不喜歡這個女孩，可能還有點怕她……這是沒有原因的，就像你面前站著一隻雌獅子時你不能不怕一樣。不過他還是打算盡量維持禮貌，所以他回以微笑，並準備握手。

克拉斯似乎察覺到什麼，驚叫了一聲「不」，但為時已晚。當約翰碰到女孩的指尖時，手上傳來一陣灼痛，他驚慌地抽回手並後退，手上局部皮膚留下了類似被開水燙傷的痕跡。

傷得不重，但是很痛。約翰捏著手腕，驚惶地看著金髮女孩，他又一次想到了今天自己原本的目的：採訪驚悚小說作家，寫一篇駭人聽聞帶有導向性的小文章。他已經距離本來的目的十萬八千里了，簡直像自己親自走進了驚悚小說。

「天哪！果然是這樣！你到底是什麼？」卡蘿琳驚喜地大叫著。

克拉斯查看著約翰的傷，並且代卡蘿琳道歉。約翰很想大度地說一句「沒關係」，但這確實有違他的本心。

麗薩見狀，嚴肅地把卡蘿琳拉開，抓起她的手腕——卡蘿琳塗著銀色的指甲油，但那其實並不是普通指甲油，而是由純粹的驅魔銀粉製做而成的。

「妳的禮貌呢？再這樣做我絕對會寫報告交上去！」麗薩嚴肅地把卡蘿琳扯到一邊，開始長篇大論地教育她。卡蘿琳把玩著手裡的刀，用腳不停摩擦著地面，撅起嘴巴低著頭，像個被家長訓斥的孩子。

克拉斯看著她們，嘆口氣，回頭對約翰說：「請跟我進屋吧，我那裡有能緩解疼痛的藥。」他看看約翰肩頭和手上的傷，其實它們已經在加速恢復了，但從約翰的表情就能看出那應該很疼，「還有，我們得把那份存檔表格填好。」

約翰覺得自己就像誤入黑幫巢穴的普通老百姓一般，他很想立刻走掉，但還是鬼使神差地跟著克拉斯回到房子裡。兩個女孩也跟了進來。

「你的那兩個……海鳩和兀鷲，他們沒事嗎？」約翰想到剛才女孩們收起來的晶體球。

「他們沒事，屋裡有安全房，專門為他們準備的。」克拉斯示意約翰坐下，自己則去旁邊的櫃子裡拿藥水，看起來他經常遇到這些事，「剛才麗薩放的那片煙火是驅魔師的『檻車』，一種區域性的法術，能把一定範圍內失去行動能力的黑暗生物收納進去，帶回協會接受進一步調查。」

克拉斯丟了一條浴巾給約翰，並開始為他上藥，約翰仍是一臉下巴脫臼的表情。

克拉斯繼續說：「我在雨衣上做了能隔絕『檻車』效果的護盾，不然連你也有可能被塞進法球裡，就算你的力量還夠，不會被塞進去，也會因為那些粉末而感到痛苦。我知道你很吃驚，這種反應我見多了。」

這時，兩個幽影已經從「安全房」裡飄了出來，還為卡蘿琳和麗薩拿來了零食。克拉斯對他們笑笑，回頭對約翰說：「其實海鳩和兀鷲本來是沒辦法做這些的，我幫他們做了點小改造，這樣一來，他們既保留了虛體的特性，又能幫我整理一下倉庫什麼的。」

藥水很有用，約翰肩頭和手指的傷已經完全不疼了。克拉斯去浴室脫掉了濕衣服，穿了一身白色的毛巾浴袍出來。發覺約翰在盯著自己，克拉斯攤開手說：「沒事的，我知道能承受一點陽光的血族也能夠忍耐對人類脖子的衝動，我不覺得需要避諱。」

聽到這句話，卡蘿琳又大呼小叫起來：「原來是個吸血鬼！哪個轄區的？」

「野生的。」克拉斯替約翰回答。

約翰當然不是在觀察克拉斯的脖子。他之前吃了惡魔的血，現在很飽。只不過，從小到大他都很害怕「驅魔師」「法術」這類詞彙。

以前母親常嚇唬他的小妹妹：如果妳撒謊，妳的鼻子就會變長，妳就沒辦法再喝新鮮的血了，然後驅魔師就會跑來用聖水潑妳，獵人就會來砍了妳的鼻子。

那個年代他家還沒普及針筒，所以鼻子變長挺可怕的，驅魔師什麼的也挺可怕的。這些話不僅嚇住了小妹妹，也讓約翰一直覺得很不舒服。

後來約翰獨自在城市生活，經常看恐怖片，片中驅魔師和獵鬼人的行為常嚇得他做惡夢。他偷偷想過，難道世上真的有這麼恐怖的人類嗎？結果今天他就見到了。

他痛苦地用浴巾揉著頭髮，盯著木茶几上那份表格，小聲說：「我能走了嗎？我也沒有能幫忙的地方了……」

「很感謝你，先生，不過你還不能走。」克拉斯坐在他對面，把表格向前推了推，「至少要填一下這份表格。我們沒有別的意思，協會一向要求遇到的每一位黑暗生物都得填寫，不是針對你。」

「然後我就能走了嗎？」約翰看了一眼那兩個女孩。

剛才克拉斯說黑髮的麗薩會使用法術，看來她是所謂的驅魔師。麗薩文靜溫和，氣質普通，約翰並不覺得她是那麼可怕的人。反倒是那個叫卡蘿琳的，一直保持著興奮的笑容，像精神有問題似的，渾身散發出令人發抖的奇怪氣息。

約翰接過兀鷲遞來的筆，開始填寫存檔表格。這份表格不僅有他剛才看到的個人基本資訊和種族，還有近年來活動範圍和主食範圍……以上這些部分比較奇特；下面的聯繫方式則非常世俗，竟然有填寫電子郵件和臉書網址的地方，還要求填簡單的工作履歷。

克拉斯看到他停筆，解釋說：「不用把從小到現在的履歷都寫上，這可能要寫好幾張紙。只填寫你目前身分近十年的就好。這份是主表，將來我們會把附表在網路上傳給你的，那一份要填寫得更具體一點。」

卡蘿琳伸過腦袋，看到約翰寫了「加油站工讀生」「家庭餐廳兼職」「自由撰稿人」等等，她抬起頭說：「你竟然還寫東西？你該不會是透過寫東西和克拉斯認識的吧？」

被她說中了，而且是今天剛認識的。約翰點點頭。

麗薩也看了看，說：「洛克蘭迪先生，因為你是野生的，所以你沒有任何社會保險，也沒有真實證件，你只能打零工和做一些不要求身分證明的自由職業對吧？也許你不知道，其實你也可以去正規公司上班，協會可以給你合法的身分。」

「合法身分？」約翰問。

麗薩的職業感和柔聲細語幾乎讓約翰忘記她是驅魔師：「你填的這份表格有很多好處。如果你願意，將來可以把附表填寫完整，然後去協會那裡建求職檔案。會有工作人員聯繫你。」

這時，克拉斯似乎想到了什麼：「對了，要說穩定職業……約翰．洛克蘭迪先生，你要不要試試應徵協會內的工作？」

「我覺得他可以，」麗薩點點頭，「既然你說今天他幫助過你。」

約翰更加一頭霧水了。不管是驅魔師還是「協會」，還有「真知者」和奇怪的法術，以及今天他遭遇過的兩個魅魔，這一切簡直是恐怖片觀眾親自見鬼的程度。

「我只是個平凡的吸血鬼……」約翰把表格交給克拉斯，「我不介意你們直呼『吸血鬼』這個詞，真的，我妹妹就覺得它很酷。我真的很平凡，我的家人在鄉下，我只是因為嚮往城市生活才住在大城市。當然，我承認我對一些人曾經造成過傷口，但我保證，那並不影響他們的生活……現在我們只對動物使用牙齒，對人類我們則用針筒，而且還保證是一次性的。」

「我們並不是在審訊你……」克拉斯尷尬地看著他。

不過約翰還是續說了下去：「我現在知道了，你們是驅魔師？或者總之就是這類的職業？我今天真的是為了採訪德維爾．克拉斯先生，我是真的需要寫一篇文章。不過我決定不寫了，我不會破壞你的名聲，也不會提你的私生活，這樣可以嗎？」

「我們也不是在威脅你，真的不是。」克拉斯無奈地看著他，「你也說了，你們現在用針筒。只要你在協會裡登記過，我們會給你一些加密網站的網址，你可以直接去那裡購買食物，可以貨到付款，你連針筒都不需要了。我們還可以幫你代辦合法身分，需要時可以變更，我們是專門處理這個的。只要你建檔，然後通過查核，就可以享受基礎保障了。」

說著，克拉斯指了指表格上的一行字：無威脅群體庇護協會。

「我們都是協會的工作人員，」克拉斯說，「如你所瞭解的，麗薩是驅魔師，卡蘿琳是獵人，她們是執法部門的，而我是救助部門的，你可以理解成社會工作者。我知道，很多人以為驅魔師就像電影裡演的一樣，要不是站在床前灑聖水，就是拿一把刀見到誰就砍誰……電影裡表現的也不算錯誤，但那些僅僅是執法的部分，相當於警察擊斃拒捕逃犯。事實上，我們無權隨意傷害守法的公民。」

「你們要是犯罪，就歸我處理了。」卡蘿琳燦爛地笑著補充。

約翰沒再說什麼，他覺得自己需要時間來消化今天的遭遇。海鳩和兀鷲在幫兩個女孩調製拉花咖啡，卡蘿琳還吵著要貓咪圖案的。屋子裡一派祥和。

克拉斯穿著浴袍把約翰送到門外，遞給他一張名片：「很抱歉，今天你的採訪泡湯了，如果有需要你可以隨時再來找我。下次我們可以在城裡見面，勞煩你跑這麼遠，實在很不好意思。」克拉斯面帶歉意地微笑著。

「我也很抱歉，」約翰說，「我不該……呃，我不該隱瞞自己的身分……」

「不，你應該隱瞞，不需要道歉，」克拉斯說，「不管怎麼說是你救了我。面對那樣的惡魔你竟然直接衝了上去，這令我欽佩且感動。」

約翰被他誇得有些不好意思。當看到惡魔時，約翰確實也覺得很驚悚，但心裡更多的竟然是一種英雄主義的保護欲——克拉斯是個人類，而自己並不是。在那種情境下，只有自己能保護他。

轉身要走下臺階時，約翰突然想起了另一件事。他回過身問正要進屋的克拉斯：「對了，我能問問你是怎麼識破我身分的嗎？難道是因為……」他不好意思地看了看公路的方向，「因為我沒有車？」

他假裝開車來，其實是順著公路跑來的。反正他跑得夠快，只要躲遠一點別被公路上的司機看到就好。

克拉斯靦腆地笑了一下：「剛才她們說了，我是真知者。」

「那是什麼？你似乎……應該是人類？」

「我確實是人類，」克拉斯說，「是天生帶有真知者血統的那種。我的眼睛和其他人不同，我能直接看到、感知到每個生物的本質樣貌或血統。就算我想被騙，也無法看見任何偽裝。」

那天之後，約翰重新回到自己租的地下室小房間，整天對著電腦發呆。稿子是沒辦法寫了，關於「當代藍鬍子」的部分他一個字也編不出來。當然他可以照實寫，可是就算他真的這麼寫，反而一點都不精彩，活像是三流的鬼故事，有人信才怪呢。那天發生的一切都假得要命，一點都不像現實生活。約翰想起，其實自己的身分也不像現實生活，平時忙於打工的他總是難以意識到這一點。

約翰對「無威脅群體庇護協會」有點興趣，尤其是對合法身分和購買食物的網站有興趣。德維爾·克拉斯的名片上寫著「調解員」這種頗奇怪的頭銜，約翰還以為這類組織裡只有獵人和驅魔師呢。

名片上還有一行網址，是協會的官方網站，約翰決定去看看上面都有什麼。

網站的風格就像普通的公司網站，它一本正經地自稱為各種黑暗生物和異怪提供保護、教育、就業培訓、代辦移民等等，甚至還有合作須知、社區論壇和留言諮詢功能，還公布了快捷求助熱線號碼。

約翰在網站上也發現了協會內的不同分工。正如克拉斯所說，有的部門類似社會工作者，處理雜七雜八的事務；也有些部門是暴力機關，專門抓捕甚至處決造成危害的目標。

網站的友情連結裡還有一些教會和專門的獵魔人協會的網址，這讓約翰又好奇又害怕。他覺得不可思議，這麼荒誕的網站難道不會被圍觀取笑嗎？後來他發現，雖然網站沒有刻意避開搜索，但由於它缺乏娛樂功能，且並沒有任何新奇圖片或細節描述，所以就算一般人誤點進來，笑一笑也就忘記了。

網站希望真正需要的人能找到它，所以一點也不想隱藏自己。

大約一週後，約翰的手機收到一條無號碼簡訊，通知他附表已發送，叫他在一週內填寫完畢並在郵件直接回覆。回家後，約翰真的找到了建檔表格的附表，確實很長，涉及的條目事無巨細。

約翰把它填好後立刻回傳，之後他同時收到了新郵件和簡訊，告訴他建檔資料在審核中，一個月內會有工作人員對他進行面訪。

這下約翰倒有點擔心，他很怕到時候有個獵人大白天踢開他的門把他綁起來審訊。於是他把德維爾・克拉斯的名片放進錢包裡，決定關鍵時刻用這個來表示自己無害。畢竟克拉斯是協會的成員嘛。

三天後，他接到一通電話，竟然是克拉斯本人打來的。

約翰在填寫附表中「請簡述最近一次使用自身特殊能力的時間以及事件」裡寫到了和魅魔打架的部分，於是，協會的審查人員直接叫克拉斯和他接觸。

「知道嗎？他們對你很感興趣，」克拉斯在電話裡說，「協會加快了對你的審核程序，他們希望你能提交實習申請。」

「什麼實習？」約翰問。

「協會希望你嘗試入職。」克拉斯說，「他們認為你背景單純，而且富有正義感。我們一直很需要新人。對了，你可以看看網站上『如何加入我們』這部分，裡面有連結寫了基本待遇。」

約翰正好開著電腦，按照克拉斯說的點進去，一條條看下來，他真的動心了。如果加入協會，不僅有穩定收入，自己和家人都能得到合法的人類身分，協會將負責他和他家人的醫療，還會依照年資安排假期和獎勵。

現在約翰一點也不後悔採訪恐怖作家了。

「如果去應聘，我能做什麼？」他問。

「這要取決於經過初期培訓後你想做什麼。」克拉斯說，「你要先實習一段時間，將來才能算正式成員。基礎培訓很短，大概一個月左右，但實習時間很長。」

克拉斯停下來思索了一會，然後繼續說：「洛克蘭迪先生，我冒昧地問一下，你確實有興趣嗎？如果你確實想加入……你願不願意當我的搭檔？」

聽到這句話，約翰竟然有點心跳加速，當然這只是他的錯覺，他根本沒有心跳。克拉斯說話的語氣小心翼翼的，就像這是多難以啟齒的事。

約翰突然想到了那幾個死去的配偶，瞬間又覺得問題嚴峻了起來：「克拉斯先生，難道說……你過世的愛人其實都是你的搭檔？」

「當然不是！」克拉斯哭笑不得地說，「天哪，洛克蘭迪先生，你怎麼會這麼想？我為什麼要和搭檔結婚？並不需要這樣，那些真的是我曾經很喜歡的人。」

約翰尷尬地發現自己太魯莽了：「很抱歉，我不是有意的……真的很抱歉。」

「沒什麼，別太在意。對了，不妨告訴你吧，其實他們沒死，請不要太放在心上。」

「沒死？」約翰更吃驚了。

克拉斯當年曾反覆接受警方調查，就算他已經洗脫嫌疑，事情被確認為意外，外面也不停傳著關於「當代藍鬍子」的風言風語。最近一段時間，有人衝著這份詭異又開始追捧克拉斯，而在此之前他的名譽確實相當差。

如果那些人其實沒死，他們又去了哪裡？克拉斯為什麼要為他們承受這些？

克拉斯聽約翰這麼久沒說話，知道他一定滿腦子疑問。

「說來話長，」克拉斯帶著笑意說，「如果你不嫌無聊，將來我完全可以告訴你，沒有任何值得隱瞞的……我並不擔心你把真相寫出來賣給媒體，因為沒有任何一家刊物會相信。洛克蘭迪先生，我確實需要一個搭檔，我的上任搭檔是位女士，她結婚懷孕後就辭職了。如果你打算提交入職申請，希望你能考慮到我這裡來。」

實際上，約翰已經差不多要同意了。雖然他知道，自己的目的有些不單純……一半是為了優渥的待遇，另一半是對克拉斯這個人感到好奇。

這通電話之後不久，協會派來「面訪」的人來了，是穿西裝的一男一女。約翰貼在牆角，僵硬地微笑著請他們進來。

「你們通常偽裝成警察或偵探嗎？」約翰問。

「不是啊，我們裝成推銷保險的。」面訪人員拍了拍西裝下襬。

「約翰・洛克蘭迪先生，請別這麼緊張，」女面訪員說，「面訪是必須的。您都已經提交實習申請了，幹嘛還這麼害怕我們？」

「抱歉，兒時陰影。」約翰繼續僵硬地笑著，「你們出現的時候，讓我想起很多很恐怖的電影和劇集，所以我有點……」

「血族也會害怕恐怖片裡的鬼怪嗎？」另一個面訪人員問。此時他正在用類似水源探測器的Y型鐵棍檢查約翰的住處，大概是想探查他有沒有藏匿什麼非法物品。

約翰小聲說：「……我不是怕鬼，我是怕驅魔師。」

專員之一邊說邊戴上塑膠手套，就像醫生那種。約翰看到戴手套的人走過來，緊張地問：「妳要幹什麼？」

「請坐下，別緊張，這是口腔以及耳鼻喉檢查。」

約翰打工時認識的很多人都害怕牙醫。他沒看過牙醫，不知道那是什麼感覺。今天他終於明白了。

面訪後不久，約翰被通知開始參加培訓。

他按照地址來到一幢辦公大樓，就像普通公司所在地一樣。這幢辦公大樓裡的機構只是協會分部之一，世界各地都有這樣的分部。

他以為機構會在地下的龐大基地裡，比如坐十幾層地下電梯什麼的。但竟然不是，協會的辦公區域在二十九樓。

「為什麼是二十九樓？」辦理手續時，約翰問櫃檯的女孩。他猜想這其中也許有什麼深刻的原因。

「因為這一層便宜。」女孩回答。

約翰接過門禁卡和其他表格，表情複雜地看著她。

協會所在的辦公區採用全部封閉的對外單向玻璃，且加貼了隔離紫外線膜，實在是非常周到。培訓期間，學員可以選擇住宿或通勤，協會可以為居無定所的生物提供臨時宿舍。約翰決定每天回家，反正上課是從下午六點半到晚上十一點，正好可以躲開太陽最毒的時間。

和約翰同期培訓的還有四個實習人員，他們個個都是人類外表，其實只有一個是普通人類。約翰在知道他們的身分時非常吃驚。

這幾個人分別是：人間種的年輕惡魔，擁有魔女之血的男人，精靈裔（她看起來像個國中生，真實年齡大約四十歲，有一對藏在長髮裡的短尖耳朵，就像《魔戒》電影裡那樣，不過她說自己血統很稀薄），以及身為血族的約翰，還有一個純正的人類。

約翰花了半個月才習慣這些同學。他們的老師也是人類，約翰曾經訝異於這些人類的勇敢，天天和黑暗生物、超自然物種相處，他們竟然不害怕。

當然，在培訓期間，約翰才剛知道什麼叫「黑暗生物」和「超自然物種」。

超自然物種——通俗來說就是指各類怪物，比如巨怪、人魚、半人馬、蜥蜴人、獸頭人等等。它們是來歷尚不明的變異生物，不帶有任何特殊屬性。只要你力氣夠大、槍法夠準、方法正確，所有武器都會對它們有用。

黑暗生物——這其中包括異界的居民，比如惡魔什麼的，還包括像約翰這樣的血族。他們自身帶有黑暗屬性。若是曾經死過一次，比如血族和屍妖之類，則帶有黑暗與死靈的雙重屬性。而惡魔或魔女血裔持有者，則是只有黑暗屬性，沒有死靈屬性。

普通武器很難傷害黑暗生物和死靈，比如普通鋼芯子彈打不中霧化的吸血鬼或飄來飄去的鬼魂，更無法傷及深淵種惡魔。

麗薩那樣的驅魔師是專門克制死靈與黑暗力量的，他們擅長使用法術進行驅除；而卡蘿琳那樣的獵人則擅長打擊和毀滅，比起施法更擅長直接戰鬥。所以驅魔師和獵人常常搭檔行動。

約翰覺得自己很慘。吸血鬼是黑暗與死靈雙重屬性的東西，光明類與神聖類力量都能傷到他。他下定決心要去克拉斯那個救助部門，去當社工、調解員什麼的，絕對要遠離暴力血腥部門。

直到快要結束培訓開始實習，約翰才知道原來協會還招聘普通文書人員，比如那位精靈裔女孩就準備去祕書室。

擁有魔女血裔的男人是個身高將近七英尺的肌肉壯漢，他的血液是天生萬用觸媒，能通用或代替超過上千種施法材料。「魔女血裔」是一種特殊稱呼，不管它出現在什麼性別的人身上，他們都會被稱為「魔女」。這個男人將參加驅魔師深度培訓，他打算和一個獵人搭檔，就像麗薩和卡蘿琳那樣。

而人間種的惡魔和那個純正人類……他們在培訓期間培養出了超越種族的「友情」，約翰曾撞見他們在洗手間裡激烈地「密談」。這兩人因為熱戀而耽誤課程，一個月後雙雙沒能通過基礎知識筆試，只好花一點時間重來。

約翰通過了考試，但仍不算正式入職，他還需要長時間的實習。協會為他提供了不少便利的福利，可是他卻不敢和家人打電話說實話。他的父母都比較傳統，誰知道他們能不能接受呢？

「今天晚上德維爾・克拉斯先生會過來。」基礎知識筆試的隔一天，教官說，「他和我們說過想邀請你成為搭檔，你們需要一起回答幾個問題。」

約翰點點頭，他正在陪大家一起吃飯。當然，他不用吃，但可以喝點飲料。

「你可以拿出血袋，」魔女肌肉壯漢說，「我們不介意。」

「可我覺得不太好……」約翰笑笑，「再說了，我們並不需要像人類一樣一日三餐，只要定期進食就可以了。」

「這樣你該怎麼約女孩子呢？」精靈裔問。

「我可以喝點酒。」

「嘿，約翰，說實話，」她一副很感興趣的樣子，「你從來沒有失控過嗎？比如和女孩約會時，突然分不清性欲和食欲……」

教官沒有阻止她，實際上他也很想聽回答。

「很久以前會，」約翰有點不好意思，「我確實有過難以控制食欲的經歷。不過幸好，我的父母會指導我，他們把我管束得很好。就算極度飢餓，我也不會殺人，但確實可能會讓他們有點貧血……」

「傳言總是比真相可怕。」魔女肌肉壯漢點點頭，「比如說我們一族的疫病詛咒吧，如果不刻意施法，僅僅靠血脈意念，我最多只能讓人得神經性皮膚炎，但大家都把我們說得像能隔空殺人……」

大家七嘴八舌地聊著天，約翰看了看手表，教官說克拉斯大概傍晚七點多會來，現在剛好七點。

突然，餐廳的電話響起，是櫃檯的女孩打來的。

「傑爾教官，出事了！請來監控室！」她對接電話的教官說。

學員們面面相覷，跟著傑爾教官一起跑出去。他們去的不是大廈監控室，而是協會辦公區的獨立監控系統，它和大廈的電視線路相通。

辦公大樓保全室也發現了異狀，從一面螢幕上可以看到，他們也正焦急萬分。

三座電梯中的一座出了問題，懸停在十八樓和十九樓之間，梯內關著一個人。

「克拉斯！」約翰看著監視螢幕，吃了一驚。

在電梯廂內稍暗的緊急照明燈光下，德維爾．克拉斯正緊緊貼著廂壁，頭髮被揉得有點亂。

櫃檯女孩對著麥克風說：「克拉斯先生，這裡是協會櫃檯。辦公大樓警衛室的廣播被切斷了，但協會的還能用。你那邊怎麼樣了？」

回答她的不是克拉斯，而是一個更尖銳的、帶著哭腔的沙啞聲音：「艾麗卡！叫傑爾．杜利來說話！」

傑爾教官也是協會分部裡的執法組主管，他代替櫃檯女孩坐在麥克風和螢幕前。

「西麥，是你嗎？」他問。

約翰緊緊盯著監視器，克拉斯的樣子很糟糕，看上去有點缺氧，嘴唇微微發抖，肩膀聳起，不斷慢慢移動腳步，似乎想找個更舒服的姿勢。

畫面中只能看到克拉斯，電梯廂內並沒有其他人。難道那個「西麥」是海鳩和兀鷲那樣的靈體？

「西麥，你要做什麼？放開克拉斯先生。」傑爾說。

被叫作「西麥」的聲音說：「他是人質，我現在不會傷害他。你看，我留出了通風口，也沒有碰他。但如果你們不把琳達交出來，我就要帶著他一起死！」

約翰仔細觀察，還是沒看到有別人在電梯裡。而且「留出通風口」又是什麼意思？

幾個學員也都一臉疑惑。櫃檯女孩指指畫面，低聲說：「看電梯廂的顏色。」

三間電梯內部都是灰色金屬質感，可是此時，克拉斯所在的廂內卻呈現淡綠色。原本約翰以為那是緊急照明燈光或監控畫面色偏。但仔細看就知道，緊急照明燈光是橘色的，且克拉斯本人並沒有和廂壁一樣發綠。

「那是什麼東西？」約翰撐住桌子，恨不得把臉貼到螢幕上。

「膠質人。」櫃檯女孩說。

學員們學到過，膠質人是一種超自然物種，像電子遊戲裡的史萊姆一樣，可以把自己捏成任何形狀。當然，他們平時的外形並不是遊戲中的球狀，而是類似人體的模樣。

膠質人沒有細緻的五官，他們在人類形態下會有一張毫無特徵的、扁平的臉，上面的五官就像黏土作品一樣缺乏細節。他們可以變成更高大或更矮小的身體，但無論如何都模擬不出五官。他們會穿上衣服戴上帽子，遮住臉，生活在人類之中。有很多鬼故事都和他們有關，多半是人們無意中看到了他們的臉，被嚇得魂不守舍。

膠質人最可怕的一點是：他們能將自己收縮成拳頭大小的高密度物體，也能把自己舒展成不同厚度的平面或巨大立體空心物品。

此時就有個綠色膠質人用身體包裹住電梯，從外到內，黏貼在電梯井內。

「西麥，這件事與克拉斯先生無關。」傑爾教官說，「難道你不記得了嗎？克拉斯先生甚至曾經幫你們找房子，他幫助過你！你這是在連累無辜！」

「我管不了這麼多了！交出琳達！否則我就去地獄找琳達，並且帶著克拉斯陪葬！我會讓電梯墜落下去！」

「你有病嗎？」約翰忍不住吼道，「你又摔不死！」

「那是誰？」西麥問。他只能從擴音器聽到聲音，卻看不見這邊的情況。

「我是克拉斯的搭檔。」約翰大聲說，「你摔得死嗎？你就算被電梯壓扁都死不了啊，你是裝傻還是真的蠢啊？」

西麥沉默了一會。約翰注意到，電梯內的克拉斯依舊非常不舒服。

「你到底對他做了什麼？」約翰問。

「我什麼都沒做！我只是綁架了他！」西麥氣哼哼地回答，「等一下！我真的摔不死嗎？」

約翰轉身退開。傑爾教官問：「約翰，你要幹什麼？」

「我去看看克拉斯，他好像很不對勁。」

傑爾點點頭，放開他：「去吧，克拉斯有幽閉恐懼症。」

約翰覺得有點意外。當然，這樣一來他更有必要趕過去了。

在其他學員正疑惑於他打算怎麼進電梯時，約翰化成一團黑色濃霧，消失在通風口裡。

「哇哦！我第一次親眼看到吸血鬼的霧化！」魔女肌肉壯漢感嘆著。

膠質人西麥一邊哭哭啼啼，一邊絞盡腦汁思考怎麼威脅更合理。

「克拉斯先生，我不是針對你，」西麥說，「但我一定要帶琳達走！」

克拉斯平時挺愛和別人聊天的，現在卻支支吾吾說不出話，連呼吸都不順暢。看來是幽閉恐懼整造成的。

約翰霧化後順著通風設施飄進電梯廂，他看到克拉斯正縮著肩膀，不停焦躁地改變位置。

西麥突然察覺有東西在侵入自己，他尖聲叫了起來。霧化的約翰在電梯內漸漸恢復人形，站在克拉斯面前。

「你沒事吧？」約翰向他伸出手。

克拉斯搖搖頭：「讓我坐著吧，我……站不起來……」

「你是什麼怪物！」西麥號叫著，「從我體內離開！太噁心了！」

其實整個電梯都在你體內，約翰默默想著。他跪下來陪在克拉斯身邊，嘗試和他說話，幫他分散注意力。

克拉斯努力地露出微笑，表明自己沒什麼大礙。如果只是搭乘電梯幾十秒，他並不會太難受，而一旦被關在電梯裡太久他就受不了了。偏偏協會分會的辦公區域在二十九樓，要是不坐電梯他更受不了。

通常和人對話時應該注視對方肩部以上，約翰找不到膠質人的頭在哪裡，他只好對著電梯天花板問：「你這麼做有意義嗎？」

膠質人西麥輕笑一聲：「你不是人類吧？這是我和人類之間的事，你別插手！」

「我是克拉斯的搭檔，你挾持他當人質，我怎麼可能不插手？」約翰這麼說的時候，臉色蒼白的克拉斯看了他一眼。

「我沒有別的辦法！」膠質人說，「我的妻子琳達被協會逮捕了，她是那麼地……那麼地透明、綿軟、充滿彈性！」他的形容有點詭異，似乎這是膠質人美女的普遍標準，「如果見不到她，那我也不活了！我還要這個人類陪葬！憑什麼我們不能吃汽車！」

「等等，最後一句話和前幾句的邏輯在哪裡？」約翰問。

「她……她只是吃了十幾輛汽車啊！」西麥帶著哭腔說，「可能還吃了一些信箱，還有融掉一點東西，她甚至都沒吃人！」

擴音器裡傳來櫃檯女孩的聲音：「西麥，你的妻子並沒有被判死刑，你們總會團聚的，請冷靜下來。」

「冷靜？要是妳的家人被團成吐司大小，塞進寵物醫院貓籠一樣的監獄裡，妳能冷靜下來嗎？」

「因為她造成了巨大的損失……」

從接下來的對話中，約翰大致瞭解了曾發生的事。

同為膠質人的西麥和琳達舉行了小型傳統婚禮後，住在由德維爾．克拉斯幫忙介紹的出租屋內。膠質人的面部比較難偽裝，所以他們的日常工作是在家製作一些小手工藝品，定期有收貨人來負責銷售。

這對常年在家的夫婦和鄰居間關係很差。膠質人不需要睡眠，但偏偏天性好靜，可是住在他們樓上和隔壁的鄰居卻喜歡熱鬧的家庭派對。衝動之下，琳達在夜裡偷偷吃了他們的車加以報復——膠質人可以展開自己的體積，包裹並慢慢吞噬消化大多數東西。

她嘗到報復的喜悅後就一發不可收拾，動不動就吞掉點什麼來惡作劇。最終，她因自己的行為而被協會派出的獵人逮捕，被強行壓縮成方形，關在航空貓咪背包一樣的監獄裡。

這時西麥的抗訴聲再次響起：「憑什麼一切法律都要按照人類的標準制定？憑什麼人類就是最被保護的？」

儘管有些喘不過氣，克拉斯仍努力地開口：「我要提醒你……你們的鄰居不是人類。」

「什麼？」

「惡魔，回魂屍，樹精。」聲音微弱的克拉斯說。

西麥相當震驚：「他們……他們既然不是人，為什麼還要出賣琳達？」

「因為她吃了他們的車啊……」

當然，她吃的不僅是那三家人的車，她的破壞欲望讓她對此上癮，經常晚上溜出去做壞事，比如吃掉別人家門口的信箱或吃掉路牌。

擴音器裡再次傳來檯檯女孩的聲音：「琳達的反社會行為已經觸犯了規定，如果你真的愛她，就應該好好幫助她悔過……」

「不！我要帶她走！立刻！」西麥的情緒再次激烈起來，「否則我就和克拉斯同歸於盡！」

約翰忍不住插嘴：「你摔不死啊！」

西麥頓了頓，小聲問：「那我怎麼才能死？」

「你可以被切碎或者燒死……」約翰說。這些知識以前他也不懂，都是最近新瞭解的。

膠質人思考了一會。他當然不是真的想死，只是想提出一個比較驚人的威脅而已。

電梯外，大廈的管理人員已經報警，消防人員和電梯公司的工程師都已經趕到，正在商議救援方案。他們當然不知道，如果一個膠質人包裹著電梯並強行將它墜落，那麼廂內的人必死無疑，甚至比真正的電梯墜落事故還要慘烈。

傑爾教官和執法的獵人正在商量如何保護人質並捉住膠質人。他們可以選擇從電梯井中進攻，卻找不到好方法防止電梯下墜。

約翰覺得有些無助。他還是個學員，因為擁有短時間霧化身體的能力才能趕到這裡來。他不知道怎麼對付沒有血管、甚至連形體都不定的東西，也不知道怎麼幫助幽閉恐懼症患者。

看到克拉斯一副呼吸困難的樣子，約翰決定按照顧氣喘患者的方式處理。

他一手摟著克拉斯的肩膀，陪他一起深呼吸。可是克拉斯卻擺擺手：「別這樣，我……我又不是要生孩子……」

「我知道你不是，但……」約翰無措地抓著頭髮。

「我能讓你們通話。」克拉斯對膠質人說，他的聲音仍有氣無力，「而其他的……我沒許可權……」

聽他這麼說，西麥似乎眼睛都亮了——當然他現在沒有眼睛。

克拉斯拿出一支馬克筆，交給約翰：「畫那個窺視用的符文。」

約翰接過筆：「窺視用的？」

他學過這個符文，它似乎不能通話，只能單方面觀看某地點某角落。

「對，地址是這個……」克拉斯又掏出一張名片，似乎是關押著琳達的地方。名片上屬於某個什麼「職業經理人」，地址是郊外開發區。

克拉斯給約翰的也不是普通馬克筆，就像克拉斯曾經用過的銀粉筆一樣，這根筆的墨水也摻雜著某種粉末，雖然不是銀色的，但也充滿特殊藥劑的味道。

「畫在哪裡？」

「這裡。」克拉斯指指電梯地板。膠質人在地板最中間讓出一小塊空地。

約翰想，在電梯塗鴉算不算毀壞公共財產呢？搞不好會被大廈的人報警……不過他還是順利畫出符文。克拉斯滿意地點點頭，拿回筆，穩了穩手腕，在符文上又畫了幾筆。

符文中心出現一道虛像，就像立體投影。

畫面中的東西還真的很像裝貓用的航空箱，它周圍印滿咒文，紗網裡面是一團半透明粉紫色膠狀物，就像葡萄果凍。看來西麥所言不虛，他的妻子在膠質人裡也許確實是個美女。

「琳達！」西麥激動地對影像大叫，「他們有沒有虐待或者猥褻妳？」

哪裡的獄警會猥褻膠質人啊……約翰在心裡默默吐槽著。

「天哪，親愛的？是你嗎？」影像裡的女膠質人蠕動幾下，她只能聽到聲音，看不見電梯這邊的畫面，「我很好，我非常想念你……你在哪裡？」

膠質人夫妻開始哭哭啼啼地互訴衷腸。約翰看著克拉斯，再次伸手按了按他的肩膀：「你還好吧？」

「沒事，又不是第一次了。」克拉斯看上去並不太好，他呼吸沉重，目光搖擺不定，似乎都快不知道怎麼安放自己的手腳了。

約翰不確定「不是第一次」是什麼意思，他想，大概是每次坐電梯都不舒服的意思吧？總不可能是「不是第一次被劫持」吧……

「謝謝你。」克拉斯勉強扯出笑容，「你幫助了我……這是第二次了。」

「沒什麼，其實我根本不知道該怎麼辦。」約翰搖搖頭，「上次也是，要不是你的提示，我可能就直接逃走了。」

「洛克蘭迪先生，你應該更有自信一點。」

「叫我約翰就可以……自信？你是說我很沒自信嗎？」

克拉斯似乎被對話分散了一點注意力，看起來好些了：「你相當缺乏自信，不是嗎？你是一個血族，各方面能力都優於人類，甚至優於很多黑暗生物……而且，協會的知識會讓你更強大的。」

「可是惡魔和膠質人都很恐怖。」約翰嚴肅地說，憂心地盯著被淡綠色覆蓋的電梯。膠質人西麥和妻子仍在悲悲戚戚地訴衷腸，電梯擴音器裡傳來櫃檯女孩的聲音：「先生們，三十分鐘內我們得談妥這件事，好嗎？現在大廈正門口都是人！你會被普通人發現的！」

膠質人根本不理她，只顧著繼續夫妻對話。克拉斯的神色卻突然嚴肅了起來——女孩所說的話是暗號。

克拉斯暗暗對約翰使了個眼色，用幾乎接近於唇語的氣息聲說：「約翰，來了三個獵人，他們會溶掉電梯門一側的膠質人。」

身為吸血鬼，約翰本來就有敏銳的五感，他的聽力足以聽清克拉斯剛才說的話。他很驚訝，差點喊出「什麼？溶掉？」，幸好及時忍住了。

他想起之前學過的知識：驅魔銀器與熔岩提取物的混懸液可以重創膠質人，這種混懸液能灼傷他們，甚至溶掉他們的身體。

現在，膠質人西麥將自身化為膜狀，包裹住電梯廂並黏在電梯井內。獵人們打算從電梯門的一側攻擊他，把他溶開一個洞就能讓電梯裡的人逃命了。

克拉斯突然抓住約翰的手，輕輕捏了一下。約翰立刻就明白了他的意思。克拉斯是在說：打開電梯內側門就靠你了。

約翰確實能強行打開電梯門，雖然他已經很久沒這麼做了，上一次還是在他初次來到大城市，不瞭解電梯原理的時候。約翰不擔心如何打開電梯門，這個他還是有自信的；他是有點怕膠質人在那瞬間攻擊他，被膠質人包裹住會很難掙脫。

他還怕門外趕來的獵人，萬一那些人的銀器熔岩混懸液濺到自己身上怎麼辦，那一定很痛。

膠質人和妻子的對話突然停止了。影像另一頭，紫粉色女膠質人不停問「怎麼了」，而膠質人西麥卻安靜下來，他似乎發現了什麼。

突然，電梯廂外傳來一聲刺耳巨響，緊接著西麥厲聲慘叫起來。

克拉斯對約翰示意：「就是現在！」

約翰發現，電梯門一側的綠色膜狀物在一兩秒內變薄甚至消失了。他立刻靠近門邊，手指用力，鐵皮立刻出現凹陷，電梯門發出金屬摩擦聲，被強行左右分開。

電梯卡在半層，應該能勉強從上半截爬入十九樓。打開門的瞬間，約翰看到了金髮女獵人卡蘿琳。傑爾教官的聲音也在外面響起：「停止攻擊！我們要先讓禁錮術完成……」

他還沒說完，電梯突然劇烈晃動起來。

膠質人西麥憤怒地尖叫。他的身體從電梯井中擠出去，快速匯聚，撲向卡蘿琳和另兩個獵人。

電梯吊纜早已經被破壞，現在包覆電梯廂、和電梯井黏在一起的膠質人也衝了出去。在獵人們準備迎擊膠質人時，電梯因為失去了固定物，急速向下墜落。

雖然克拉斯懂不少失落的法術，可是他的肉體畢竟是普通人類，根本不可能在這麼短的時間內用法術保護自己。他無意識地想要大叫，卻發不出聲音。約翰突然衝過來摟住他，他才反應過來是電梯墜落了。

約翰的行動速度比人類快很多倍，所以他的眼睛也能捕捉瞬間的變化，反射能力也更加強大。

那個瞬間，他能聽到卡蘿琳的尖叫、傑爾教官絕望的咆哮聲，還有膠質人西麥似乎也慘叫了起來。

電梯廂一直落到電梯井最下方，整棟大廈都感覺到了這慘烈的震顫。

不過，如果有熟悉電梯構造的人在外面，他們一定會覺得奇怪：纜繩被破壞的情況下，電梯廂直接墜落的巨響和搖動感應該比現在更強烈。

但實際情況是，在電梯墜落到下層時有什麼拉住了它，緩衝了一下，最終電梯又繼續下滑一小段，才重重落在底層。

「我要燒光他媽的膠質人！」卡蘿琳提著一個大容量水槍站在電梯井外，傑爾教官阻止了她想往下淋混懸液的動作。

「是西麥，他提了一下電梯。」教官小聲說。

膠質人西麥想用克拉斯的生命威脅協會，但並沒打算真的殺死他。衝出電梯時，西麥忘了電梯會墜落，發現這一點後他立刻收回身體，把自己壓縮成人類那麼大的體積，跳入電梯井。

他的下落速度趕不上電梯，所以他伸出一條觸手狀的膠質身體，盡可能去拉住電梯廂。他拉住了，就在還差幾層觸底的時候。做這個延展動作時，他用另一塊身體黏住電梯井壁，結果導致拉住電梯廂的觸手力道不足，最終斷裂，沒能徹底穩住電梯。

獵人們都知道，即使有了片刻的緩衝，電梯內的人也凶多吉少。

這一切就發生在幾秒間，對克拉斯而言則像過了很久。心臟跳得從喉嚨到肋骨都微微發疼，恐懼感讓他眼前暫時一片漆黑。

當再次睜開眼時，失速的痛苦已經消失，他從高度兩英尺左右的地方跌在地面上，約翰依舊摟著他。

克拉斯用力反覆睜眼閉眼，終於看清楚眼前的情況。約翰的一隻手似乎骨折了，它扭曲的角度有些驚人，同時，約翰的頭上和肩上都是黑色的血——吸血鬼沒有紅色的血。

在電梯下墜時，約翰摟住克拉斯，單手攀住了天花板上安全門的扶手，讓兩個人懸在半空。

吸血鬼的跳躍能力相當驚人，所以很多人誤認為他們也能飛，實際上，除非霧化身體，不然他們根本不能飛。不會飛也就不能保證雙腳離地，更不可能配合下墜速度懸浮。而如果約翰霧化身體，就無法保護克拉斯。

所以約翰以這樣的姿勢吊住身體，抵禦落地瞬間的衝擊。他的手臂多處折斷，頭部和身體也傷得很重。

克拉斯看著約翰時，並沒感覺自己身上有哪裡疼痛，他驚訝地發現，自己也許真的毫髮無傷。

兩天後，膠質人西麥如願以償地和他的妻子琳達拉近了距離——他們都被關在了畫有符咒的航空箱裡，隔著一個監區。

本來西麥的行為足夠讓他被處決了，是克拉斯作證表明他罪不至死。無威脅群體庇護協會的法庭並不等於真正的法庭，沒有羈押期什麼的，被判死刑的生物會在調查審理後被等在門外的獵人直接處死。

這件事中，受到懲罰的不僅是膠質人西麥，還有獵人卡蘿琳。據說她在執行過程中過於急躁，沒等驅魔師的禁錮法術完成就攻擊了膠質人，這才導致後來的危險。

至於血族約翰．洛克蘭迪，被救出電梯時他已經失去意識，一隻手臂仍緊緊摟著克拉斯。

受重傷的是個吸血鬼，這倒是非常好處理。約翰不需要打鋼釘、動手術，他只要被安排在無紫外線的病房好好進食，休養幾天就行了。約翰住的病房是沒窗戶的辦公室改造的，只不過加了一張床鋪。當他醒來時，工作人員正把導管插進他的喉嚨，準備往裡面灌血。

回復了大半體力後，他又被帶到另一間房間接受各種健康檢查。協會的醫務人員覺得很奇特，這個吸血鬼面對膠質人和下墜的電梯如此勇敢，但在面對血管穿刺時卻像個不到十歲的孩子般發抖。

得知克拉斯沒事，約翰鬆了一口氣。不過他依舊有點擔心，他想：既然克拉斯本來就有幽閉恐懼症，那麼在經歷了那天的事情後，他會不會更害怕坐電梯？要是不能坐電梯，協會在二十九樓他該怎麼辦啊？

這天傍晚之後，克拉斯來接約翰「出院」。約翰提前來到辦公大樓一樓大廳等待，這樣克拉斯就不用坐電梯了。

「你恢復得很好，」克拉斯說，「很抱歉把你捲進來。」

「沒什麼，你看，血族都恢復得很快，我現在就像沒受傷一樣。」

克拉斯搖搖頭：「我知道你恢復得很快，可是這和『沒受傷』絕對不一樣。」

「不一樣？」約翰問。

「就算恢復得再快，受傷時的痛覺是不會變的。那肯定很疼，當時你都失去意識了。」

聽到「痛覺」這個詞，約翰確實能回憶起骨頭折斷、皮肉被擦裂時的疼痛，儘管現在身體完好如初，他仍感到脊背發涼。

不過他並不後悔，反而覺得還算值得。他認為，如果當時自己選擇霧化避免受傷，那麼身為人類的克拉斯將無法在電梯廂存活下來，就算僥倖存活也很可能會終生傷殘。而現在，他和克拉斯都好好活著。

約翰看出來克拉斯面帶歉意，於是趕緊改變話題：「那次我好像看到卡蘿琳了，嚇我一跳，我還以為她會殺了西麥。」

克拉斯搖搖頭，帶著約翰走下停車場。他邊走邊解釋：「協會內成員不能隨便殺死目標，得到獵殺指令的除外。就算是在任務中出於正當防衛不得不動手，事後他們也必須提交完整報告。你看，卡蘿琳和麗薩搭檔行動，就是為避免各式各樣的意外，同時也能彼此作證監督。」

「我知道，就像電視裡的FBI一樣。」約翰說，「可是我不太明白，卡蘿琳是個人類，協會能把她怎麼樣呢？也許能辭退她？可是她完全可以離開協會去做別的……」

克拉斯正按開一輛四人座斯柯達的電子鎖，車子看起來像那種溫馨家庭用的，和約翰心目中「神祕的人的車子」風格相差很遠。

「約翰，你把驅魔師、獵人之類的傢伙想得太可怕了。」克拉斯說，「在大多數人眼中，也許你是異族、怪物，但對於普通人而言，協會的人同樣也是怪物，他們眼中的世界以及經歷的一切都異於常人，這導致他們同樣很難融入社會。舉個例子，按道理說，一個備受壓榨的職員隨時可以反抗他殘暴的老闆，老闆並不能吃了他，不是嗎？但通常他還是會怕犯錯，因為他怕失去容身之處。」

約翰大致懂了。他不禁想起和深淵種魅魔纏鬥的那次，獵人卡蘿琳被驅魔師麗薩訓斥，看起來麗薩的職位比較高。

「呃？等等。」這時，約翰看到克拉斯打開了車子左後門，像是要把駕駛座留給他，「我不能開車。」

其實他是會開車的，只是沒怎麼開過現代的車。主要是他沒辦法考駕照。

「我知道，不是讓你開。」

克拉斯已經鑽進了後座，並伸手點了點駕駛座。穿著黑色晨禮服的半透明幽魂浮現出來，這是克拉斯的管家之一——兀鷲先生。克拉斯按著兀鷲的肩膀，念了一句咒語，現在兀鷲的面孔變成了中年人類的模樣，而不再是蒼白的乾屍。

「法術只能維持不到一小時。」克拉斯解釋說，「足夠開車離開市區了。我不會開車，多虧有兀鷲。」

自己不會開車，卻專門買車給鬼魂開……這還真是奇特。約翰聳聳肩，打開右後車門坐進去。

看到兀鷲，約翰想起自己曾經誤認為海鳩和兀鷲是克拉斯的前任，但克拉斯否認了。克拉斯說過，關於三個前任的事沒什麼好隱瞞，甚至他們其實並沒有死。老實說，約翰相當好奇，曾經他假意採訪克拉斯時就已經對此相當好奇了。

現在似乎並不是談這個話題的好時機，如果非要開口詢問反而顯得自己很冒失。畢竟那是克拉斯的私事。

約翰很期待在協會工作，這比不停打零工、換身分好多了。他暗暗認為克拉斯對自己有知遇之恩，所以不想太唐突。

「對了，我們要去哪裡？」約翰突然發現，車子並沒向著自己的家駛去。一瞬間，他腦子裡轉過許多念頭，其中有不少是「難道克拉斯要讓我從此住在他家嗎，這也太突然了」之類的。

克拉斯的回答終結了約翰的羞澀：「我正準備調查的事很有趣，正好你康復了，就帶你一起去。」

Unthreatening Creature
Protection Association

Chapter 3

爵士的忠犬

那件怪事發生在動物收容所。

前幾天夜裡，值班人員聽到狗舍方向傳來奇怪的聲音，前去查看時，他大驚失色。其中兩間狗舍金屬門和網狀護欄被撕裂，鎖被破壞，狗都跑了出來，除了幾隻老弱病殘的。

接下來，值班人員目睹了更為詭異的畫面：夜色中，兩個全裸男子迎風飛跑而來。他們幫收容所抓住了幾隻狗……其實不用抓，他們瘋瘋癲癲地靠過來時，不少狗就嚇得往回跑了。

最後狗還是逃走了幾隻，但總算抓回來不少。兩個全裸男子高唱著披頭四的〈Moonlight Shadow〉，跑跑跳跳地消失在夜色之中。

目擊者描述時，約翰聽得一愣一愣的，他腦內出現無比歡快祥和的畫面，雖有些下流，但一點都不恐怖。

「丟了多少隻狗？」克拉斯跟在工作人員身邊，正在巡視狗舍。他和約翰謊稱在尋找走失的寵物。

「七隻。」工作人員說，「幸好被弄壞的只有兩間狗舍，不然就真的太恐怖了。先生，這邊有照片，您可以看看您的狗在不在其中。」

從存檔照片上看去，丟失的都是正常的狗。走出收容所後，克拉斯在車上問約翰：「你怎麼看這件事？」

「鐵絲網和門絕對不是狗弄開的。」約翰說，「你看到那個豁口了嗎？就算是哈士奇也弄不出那種效果。」

「啊，其中還真的有一隻哈士奇。」克拉斯翻看著手機上的照片，「牠也在昨晚丟失了。」

「克拉斯，還有一件事也很詭異。」約翰拿出自己的手機，他也偷偷拍了點照片，「你看，狗舍像是從裡向外被撕開的。」

克拉斯讚許地點點頭：「是這樣。而且，從目擊者的描述看，那兩個裸奔者並不是想偷狗，他們甚至幫忙把狗往回趕。」

「這又是為什麼呢？行為藝術？」

「呃，約翰，你真是非常完美地融入了人類社會，思維習慣完全是人類模式。」

「我確實曾經是人類啊。」約翰說，「那你的猜測是什麼？」

「我來提示你一下，」克拉斯說，「噬咬和利爪比一般同類動物更有力，常在夜間行動，能輕易撕裂鐵皮、鋼絲等等，而且是犬科……」

約翰臉色慘白地慢慢轉過頭：「狼人?!」

克拉斯愣了幾秒，連正在開車的兀鷲都低低笑了起來。雖然約翰不知道他在笑什麼。

「約翰，你不能因為自己是吸血鬼，就懷疑別人都是狼人啊！」克拉斯哭笑不得地說，「想想你學過的東西，狼人不會變成混血哈巴狗、黑色拉布拉多、哈士奇、日本狐狸犬、鬥牛犬、威爾士柯基或混血牧羊犬，他們的野獸形態是非常健壯恐怖的巨狼，而不是丟失的那幾隻狗。」

經過提醒，約翰才想起了最接近的答案：「啊！我知道了！支系犬！」

無威脅群體庇護協會

書上是這麼說的：支系犬被俗稱為「狗人」，聽起來像「狼人」的配套稱呼，其實牠們和狼人正好相反。

簡單來說，狼人的基底生物是人，本質上是怪物化的人類；而支系犬的基底生物是家犬，本質上牠們是狗。

狼人在白天是人類，滿月時是野獸；而支系犬在白天是家犬，只有晚上才能變成人。牠們是靠普通繁殖方式來一代代傳承的，不具有任何感染性，危害非常小。

在過去的黑暗時代中，人類常把支系犬誤解成狼人，出於恐懼而圍獵並殺死牠們。人類自認為殺死了邪惡的狼人，實際上並不是，他們只不過殺死了一些變異的獵犬或牧羊犬，他們根本沒見過真正的狼人。

支系犬是一種尷尬的生物。牠們的力量遠不及狼人，但又確實比家犬、野犬強。牠們是雜食動物，並不需要血肉或心臟，而且最好是吃狗糧，人類的餐食會讓牠們嗅覺失靈或掉毛，巧克力還會危害牠們的心臟，這些都和普通的狗一樣。只不過牠們通常嘴比較饞，喜歡偷人類的食物。

據說支系犬的祖先吃過遠古狼人的內臟，這導致牠們出現了奇特變異，並一代代遺傳。這些狗的壽命和智商都大大提升，甚至可以學會一些人類的生活方式，但卻不太擅長交談。通常活了三十年以上的支系犬才能學會語言，而幾乎所有支系犬都不會書寫。

如果夜裡的兩個裸男真的是支系犬，那麼這兩位年齡一定夠大、智商也夠高，因為牠們甚至會唱歌。

「那現在怎麼辦？」約翰看著照片，「這些狗都很常見，即使看到牠們，我們也不一定能認出來。」

「只要見到，我就能認出來。」克拉斯說。他擁有真知者之眼，能直接看到生物的本質。「反正得找到牠們，看起來牠們神經相當粗，如果讓人誤以為城市裡出現狼人就麻煩了。」

克拉斯說完，發現約翰皺著眉頭看著自己，於是他問：「怎麼了？」

「沒什麼。」約翰收回眼神，抓抓頭髮，「只是我突然想到……你看，我是血族，雖然我活得夠久，能短時間承受一點不強的陽光，但畢竟不能整個白天都出來工作。為了配合我的時間，你卻晝夜顛倒，我覺得這樣不太好。」

「有什麼不好？我以前也是晝夜顛倒啊。」克拉斯看了看表，「還不到九點，夜晚還沒開始呢。至於白天，我也在睡覺啊。」

約翰想：怪不得協會的人都認為我適合與克拉斯搭檔，原來還有這一層原因嗎？

「那我們……」他問。

「在城市裡找兩個人很難，找兩隻狗也很難。」克拉斯說著，拍了拍前面幽靈司機的肩膀，「看來，得去拜託凱特豪斯家的議長了。兀鷲，我們去三號大街後面的街心公園。」

幽靈依言安靜地駕駛著。

約翰問：「凱特豪斯是誰？」

「牠們是本地超自然物種中的知名家族，」克拉斯說，「從整個西灣市到附近的小鎮，幾乎沒什麼能逃過牠們的情報網。牠們並不會留意所有事，只留意自己在乎的。」

約翰已經在西灣市生活了好多年，從未聽過凱特豪斯家族：「他們是類似血族的領轄家族嗎？」

「很類似，但沒有那麼森嚴。」

約翰剛想再問點什麼，車子已經轉到三號大街。兀鷲把車停在路邊，克拉斯和約翰要用走的靠近公園。面對約翰的疑問，克拉斯解釋：「因為凱特豪斯家族的議長很討厭引擎聲，徒步靠近才有禮貌。」

他們走進一個很小的街心公園，這一帶路燈不多，夜晚鮮少有人靠近。公園的草坪邊有鞦韆和溜滑梯，溜滑梯上蹲著好幾隻野貓，其中一隻通體漆黑，在夜晚幾乎難辨輪廓。克拉斯向著牠們走去，停在黑貓面前。其他貓有的受驚嚇跑開，有的縮在遠處盯著他們。

黑貓在溜滑梯最高處紋絲不動，正襟危坐。約翰知道，黑貓常被傳為巫師甚至惡魔的信使，一些通靈者相信純黑色的貓有連接不同世界的能力，人類寫過無數這樣的故事。

克拉斯沒有說話，也沒有學貓叫，只是做了幾個手勢，黑貓一轉身便消失在夜色中。

「你找的是這隻黑貓？」約翰小聲問。

「當然不是，我要找牠的主人。牠去通報了。」

約翰確信自己會見到一位通靈者或巫師。不到一分鐘，草叢沙沙作響，兩隻黑貓走了出來，牠們後面是一隻體格巨大、肥滿蓬軟的黃白貓。

黃白貓看似沉重，動作卻很敏捷。牠靈巧地竄上溜滑梯最高處，然後——

牠雙足站立著，俯視克拉斯和約翰。

「貓——」約翰難以自控地大叫起來，「貓站著！」

「噓！」克拉斯示意他小聲點，「這樣很沒禮貌，你活得比我久多了，難道沒見過貓站著嗎？」

「我沒見過啊！」

這時，黃白貓說話了：「德維爾‧克拉斯，很高興見到你，我的子民中有不少很想現在就允許你撫摸，但你身邊的奴隸太礙事了！他嚇跑了很多孩子！」

約翰在心裡不停驚嘆著：貓說話了！不僅雙足直立，還說話了！

「很抱歉，約瑟夫‧凱特豪斯老爺。」克拉斯恭敬地行了個古典宮廷禮，「我的新搭檔還在實習期，而且畢竟他是血族，難免會令你們不太舒服。請您諒解，我們是需要您的幫助才這麼冒失地趕來的。」

約翰不知道克拉斯為什麼要對一隻貓這麼恭敬，當然，牠肯定不是普通的貓。他努力在腦子裡搜尋著近期學過的知識，猜測「約瑟夫老爺」到底是什麼生物。獸化人？不，好像有哪裡不一樣；變形身體後的法術專家？可是他為什麼要變成貓？

黃白貓約瑟夫諒解地看著克拉斯：「算了，別太放在心上。剛才我的語氣重了點，是我不好。」看起來他是在安慰克拉斯，「你知道的，我一向有點情緒不穩定。聽說你最近經歷了很多事，孩子，看到你完整地站在這裡，其實我是很開心的。」

牠竟然叫克拉斯「孩子」？約翰默默想著，貓的年齡一般只有十幾歲，難道這隻生物就像狼人和支系犬一樣？可是他從未聽過「貓人」這種東西。

從克拉斯與「約瑟夫老爺」的談話中，約翰終於明白了這隻黃白貓的種族——靈媒獸。

靈媒獸不能算貓人，雖然牠們的長相基本就是貓。牠們是一種遠古靈體，借助貓的身體誕生，擁有高度智慧和廣博的知識。因為某些制約，牠們只能從貓的身體裡出生。如果拿人舉例，就好像遠古英雄的魂魄進入人類的胚胎般。

在黑暗時代有不少人見過巫師帶著貓，普通人分不清那是真的貓還是靈媒獸。通常貓（靈媒獸）才是導師，牠們教給巫師許多神祕魔法。

約瑟夫老爺已經活很久了，牠能和人溝通，也很瞭解貓的社會，一直統帥著附近所有的貓。「無威脅群體庇護協會」與牠常有來往。

「找狗比找人容易。」約瑟夫在溜滑梯上打了個滾，露出肚皮慵懶地說，「人和人長得太像了，還會換衣服、擦香水；狗的長相和氣味比較好分辨。可是，顯然你們要找的是人？支系犬在晚上會變成人形的。」

「是的，不過牠們也有可能變回狗。」克拉斯說，現在他膝蓋上趴著一隻斑紋貓，「畢竟牠們的變身是出於自主意志，不是被強制的。如果牠們正在以裸男的模樣走來走去，也許很顯眼；如果牠們變回狗，搜索反而更加困難。您手下的戰士們能分辨普通狗和支系犬嗎？」

「能，貓很機敏。」約瑟夫嚴肅起來，「只是，還有個問題，支系犬雖然不如狼人強大，但也有很可怕的速度與力氣。如果那兩隻狗很邪惡，貓是打不過牠們的。」

面。

克拉斯和約翰對視了一下，同時想像起「兩個全裸男子唱著歌奔跑在夜色中」的畫面。

「我覺得……牠們不邪惡。」克拉斯說。

「其實不需要貓去戰鬥，」約翰主動說，「如果有誰發現了兩隻人，不，兩隻狗，請通知我們，我們會立刻趕到附近。」

「這樣最好。」約瑟夫讚許地看看約翰，「血族的能力比支系犬厲害多了。」

克拉斯捲起襯衫袖子，把小臂伸向約瑟夫：「那麼就這樣吧，感謝您願意幫忙。請隨時聯繫我，抓我吧。」

他說完，約瑟夫老爺伸出右前肢，亮出肉球，伸出爪子。

「呃？等等，這是什麼意思？」約翰迷茫地看著他們。

「約瑟夫老爺沒辦法使用手機。」克拉斯解釋說，「而且手機的效率不高。所以，我們通常用法術溝通，只要牠抓破我的皮膚，在傷口徹底癒合前，牠就可以把有用的資訊直接傳到我腦中，連語言都不用。」

約翰用力搖頭擺手阻止：「不不不，別這樣！要不然，貓你……不，約瑟夫老爺，你還是抓我吧。」

約瑟夫滿眼鄙視地看著約翰：「你是白痴嗎？對吸血鬼而言，這點小傷很快就會癒合了，法術根本維持不了太久。」

「可是……」約翰為難地看看克拉斯。

雖然約翰是個成熟且有優秀自控能力的血族，但他仍不願和身上帶有傷口、隨時隨地散發血液味道的人類坐在一起。這就像讓健康的青年整晚和穿著比基尼的美女共處一室，就算他最終能忍住欲望，過程也難免失態。

克拉斯拍拍約翰的肩膀：「不要緊，我相信你。哪怕你真的忍不住了，我和兀鷲都能阻止你。」

說完，克拉斯進一步把手臂伸到貓面前。

隨著細小的「嚓」的一聲，約翰捂著臉，像恐血的人類般聳著肩痛苦地跑出公園。

接下來的幾小時，兀鷲仍負責開車，克拉斯一個人留在後座，約翰強烈要求坐在副駕駛座。他全程把頭靠在玻璃上，一臉胃痛的表情。

凌晨一點左右，有貓彙報在某條街區看到了狗。順著約瑟夫老爺給出的大概位置找過去，克拉斯和約翰發現一群狗正在準備打架。

「沒錯，就是牠們。」隔著大約二十碼的距離，克拉斯感嘆著，「你看被圍著的那兩隻狗，支系犬就是牠們。」

約翰的血族視力讓他比人類更擅長分辨遠處細節，但他沒有「真知者之眼」，他看不出普通狗和支系犬有什麼區別。他只能看到，被圍起來的是一隻威爾士柯基和一隻哈士奇。

柯基在呼嚕嚕地叫著，走來走去，哈士奇在牠身前，擺出威脅的樣子，但尾巴微微向腿間貼著。圍著牠們的狗就像狼群包圍獵物般包圍牠們。

「現在你能把傷口治好嗎？」約翰小聲對克拉斯說，「血的味道讓我動不了。」

克拉斯搖搖頭：「我已經把傷口貼起來了。網路遊戲裡的治癒術是不存在的，我不能一瞬間把貓留下的抓傷治好。」

約翰嘆口氣，逼迫自己集中精神思考該怎麼衝出去抓住支系犬。這時克拉斯又說：「但我可以把手伸進兀鷲身體裡，虛體能隔絕味道。」克拉斯把手臂伸進兀鷲胸前，傷口流溢出的鮮血味道真的消失了。約翰頓時覺得好多了。

「你能同時抓住兩隻嗎？」克拉斯問，「別看柯基的腿很短，其實牠們是牧羊犬出身，很能跑的。」

「我能抓住牠們。」約翰說，「只要牠們別突然變成裸男。」

「那也沒關係，支系犬的人類形態跑步很慢，更容易追了。」

「我只是擔心自己的心理健康……」

約翰走出車子，沿著陰影靠近狗群。

這是血族穿行於夜晚街巷追蹤獵物的動作，只不過現在他卻用自己的捕獵技巧去抓狗。

動物比人類更敏銳。在約翰即將靠近時，狗群突然一陣騷亂，牠們能感覺到什麼東西在附近，但一時無法分辨敵人將從哪裡發起進攻。

躲在車子裡的克拉斯小聲對幽靈管家兀鷲說：「你看，好像動物探索頻道的節目啊，大草原上貓科動物伏擊非洲水牛。」

約翰發動攻擊時非常迅速，人類的眼睛幾乎看不清他的動作。狗群四散奔逃，支系犬能看清襲擊者，但速度卻不夠立刻逃離。

約翰首先抓住了哈士奇，他的捏握非常有力，難以掙脫。哈士奇慘烈地掙扎著，柯基勇敢地撲了上來，咬住了約翰的褲管……然後也被約翰一把提了起來。兩隻狗折騰了不到一分鐘，不停發出尖細委屈的哭號聲，最終都被約翰制伏。

車子開回克拉斯的家，兩隻狗被特製繩索捆住四肢，像被獵人抓住的鹿一樣。

幽靈海鳩女士則已經體貼地為克拉斯準備好消夜，為約翰準備了血袋。吃完東西後，約翰覺得好多了，不會再被克拉斯身上的小傷口影響。

皮鞋踩在木地板的聲音和狗叫聲驚醒了一隻小爐精，它暫住在克拉斯家二樓，正在等待協會為它辦理出境事宜。約翰最近才知道這棟屋子二樓房間的用處——暫時收留遇到麻煩的善意生物。

小爐精似乎很喜歡柯基，特地跑下來使勁摸了起來。柯基扭來扭去，支系犬掙扎不過，乾脆變成人形。

出現在他們面前的是個棕紅色頭髮的男青年，個子不高，滿臉委屈，一絲不掛，手腕和腳踝被捆在一起，形成看起來十分糟糕的姿勢。

哈士奇看到下一個被摸的可能是自己，也趕快變成人。他是個黑髮少年，眼睛是和犬形態時一樣的淺藍。

「我還以為狗喜歡被摸……」克拉斯坐在沙發上看著他們。

「你可以摸！你可以摸！」柯基人嚷嚷著，「可是爐精不行！狗歷來討厭爐精！吸血鬼也不行！」

克拉斯扶著額頭：「我不想摸現在這樣的你……」

海鳩女士很體貼地抱來兩塊毯子，蓋住支系犬們的身體，約翰則把戀戀不捨的爐精送回客房。

「我們不是壞人。」克拉斯站起來打開冰箱，「而且我們很喜歡支系犬。你們想吃點什麼嗎？」

「漢堡肉！」

「雞胸！」

克拉斯說漢堡肉裡有胡椒，不能給狗吃，然後拿來了一點碎雞胸肉。他叫約翰解開支系犬手腳的束縛，兩隻狗人沒有嘗試逃走，快樂地開始用手抓東西吃。

他們一邊吃雞胸肉一邊數次想偷吃桌上的餅乾，每次都被約翰的眼神給嚇了回去。

約翰以前從沒想過自己還有嚇人的一天……不，應該說是嚇狗。他以前只有害怕別人的分，剛被轉化時害怕父親，在城市害怕被獵人或類似的東西找上門，不久前還害怕克拉斯和協會的同事呢。

克拉斯問了狗人幾個問題，他們都回答得很痛快。比如他們居住在近郊，比如他們白天安心當狗，晚上偶爾出來替「主人」辦事。

克拉斯和約翰對視了一下，想問他們「主人」是誰，這時兩隻狗已經開始爭辯其他問題了。

「我瞭解自己是支系犬。」柯基人搖頭晃腦地說，「柯基支系犬是古時候唯一沒有被人類獵殺過的支系犬，我們甚至受到某些國家皇室的喜愛……」

「不是，不是，他們愛的是柯基，不是柯基支系犬。」哈士奇人反駁。

「我們是放牧犬種出身，很聰明，不會迷路。都怪他——」柯基拱了一下哈士奇，「那天晚上我們去散步，他跟著一隻貓跑掉了！我找他找了一整個晚上，到白天才找到，結果我們全都變回狗了！然後我們就被捕狗大隊的人抓走了！」

「我沒有迷路……」

「你就是迷路了！你還弄丟了主人給我們的衣服，你還撕壞門，主人不讓我們撕壞東西！」柯基人說話語速很快，哈士奇人幾乎插不上嘴。而且似乎柯基人年齡更大，地位也比較高。

「真令人吃驚啊。」克拉斯微笑著說，「支系犬本來就特別聰明，你們尤其聰明。你們能熟練掌握人類語言，而且還會幫你們的主人做事。」

「當然當然！」柯基人高興地拚命點頭，「我的主人也這麼說！我們還會逛超市！我們還會找零錢！我還會咬比我大的狗的後腳跟！」

克拉斯問：「城市裡很危險，稍不注意就會被抓走。你們的主人是誰？我可以送你們回家。」

「主人是金普林爵士！其實只要聞著味道我就能找到家，要不是他——」柯基人繼續指責哈士奇，「他總是走著走著就不見了，要不是他，我早就找到家了！」

約翰在一邊默默聽著。他覺得很神奇，支系犬即使變成人形，氣質也還是很像狗：比如擅長破壞和走失的哈士奇，比如他們都特別喜歡被誇獎。而克拉斯竟然很擅長和他們交流，看來克拉斯認識不少千奇百怪的生物。

這時，哈士奇人歪著頭看向約翰，約翰也不明所以地看著他。

哈士奇人開口問：「你是吸血鬼？你也跟我們回家吧。」

「什麼？」

柯基和克拉斯都很吃驚。柯基是出於不認同，克拉斯則是一時沒理解哈士奇的思路。

哈士奇人皺眉看向同伴，說：「主人的玩伴會需要他。」

「不不不，是主人需要，但伯頓先生說過不想要。」柯基說。

「吸血鬼也許能幫助伯頓先生……」

「伯頓先生說不想見同族！」

約翰越聽越混亂：「等等，伯頓又是誰？」

支系犬說這個人「不想見同族」，那麼他是另一個血族嗎？

「金普林爵士是我們的主人，伯頓先生是主人的玩伴，也是我們的玩伴，我們很喜歡他。」柯基人說。

「可是，伯頓先生快死了。」哈士奇人憂傷地低下頭。

他們口中的「伯頓先生」確實是血族，而且現在他狀態很不好。聽說他已經很多年沒出門了，而且還絕食，寡言少語，會突然嚎啕大哭或一睡就是好幾天。而兩隻狗的主人「金普林爵士」似乎會穿絲絨禮服，還佩劍，克拉斯和約翰都認為也許這是個更年長的血族。

柯基人熱情健談，但說話極為囉嗦，經常偏離重點。克拉斯好不容易才聽懂來龍去脈，他們卻蜷縮在沙發上睡著了。克拉斯想把他們搖醒繼續問，可是他們就算醒過來也只是在胡言亂語，克拉斯只好暫時放棄。

「我們確實應該去看看。」克拉斯說，「以前協會沒登記過那個地址的黑暗生物，我們得去接觸一下。」

「沒有危險嗎？」約翰問。

「你自己也是血族啊。」

「就因為我是，」約翰嚴肅地說，「萬一他們個性很凶暴怎麼辦？」

克拉斯指了指兩隻睡著的支系犬：「你看，凶暴的血族會飼養這東西嗎？」

約翰想了想，似乎確實有道理。

「而且他們應該沒惹過什麼事。」克拉斯說，「從我入職以來，這個城市以及周邊地區從來沒有出現過疑似血族行凶的案件。據柯基說，他的『主人』們已經住在那裡很久了，這起碼說明那兩位還算安分。」

克拉斯詢問約翰要不要留在這裡睡覺，約翰拒絕了，他還是更習慣睡地下室，而克拉斯家的地下室被塞得滿滿的。克拉斯叫兀鷲先生開車送約翰回家，這讓約翰產生了一種自己在當老闆祕書的錯覺。

他們約好黃昏後見面，讓兩隻狗人帶他們找到「金普林爵士」和「伯頓先生」。克拉斯睡到下午一點多，起來後發現兩隻支系犬又變成狗，正在院子裡和海鳩女士玩丟球。支系犬在白天無法變成人，借住在克拉斯家的爐精這下子可以摸個痛快了。

午飯後，克拉斯在書房裡邊寫小說邊守著協會的幾部電話，隨時接聽來電並提供諮詢或幫助。本來克拉斯又打算去廚房試著烤點什麼，兩個幽靈管家嚴肅地把他趕了出來。海鳩和兀鷲是虛體生物，不用進食且嘗不出食物的味道，但他們卻能做出好吃的飯菜和精美的點心，並且還會上網瀏覽新的營養食譜。日落前，幽靈們準備好晚餐，克拉斯和暫住的爐精一起分享食物，兩隻狗也得到了特製的罐頭拌狗糧。

下午六點半左右，約翰來了。克拉斯看到他時，低呼了一聲「哇哦」。因為約翰換掉襯衫、夾克和牛仔褲，穿了一身西裝，有點像第一次去大公司面試的年輕人。

「你穿得這麼正式，是因為有可能見到年長的同族嗎？」克拉斯問。

約翰有些尷尬地抓抓頭髮：「不，只是……我多少也代表了協會，應該正式一點吧……」其實克拉斯說對了，約翰就是因為可能見到年長血族才穿得這麼正式。

今天也照例是兀鷲先生開車。約翰坐在副駕駛座，克拉斯和兩隻狗擠在後座。

「金普林爵士」的住處和克拉斯家能從市區畫一條對角線，車子開了三個多小時後，夜幕早已降臨，兩隻狗紛紛變成了裸男。克拉斯拿出已經準備好的長睡袍叫他們套上，讓他們幫忙指引接下來的路。

哈士奇人和柯基人各自堅持著不同的方向，在手機導航地圖的幫助下，好歹最後他們達成了一致。

車子轉出公路出口，開進兩側都是待開發草地或樹林的地方。這裡比克拉斯家還偏僻，路越走越窄，還時不時隱沒在樹林中。

「就快到家了！我認識這裡！」柯基人叫著。

「我也認識！」哈士奇人把頭探出窗戶。

克拉斯剛想提醒他把頭收進來，卻突然感覺到有什麼不對勁。

路旁的樹林與草叢非常「乾淨」，沒有任何小魔怪或虛體。擁有真知者之眼的克拉斯常常看見這些，它們大多數無害且毫無存在感。而現在，窗外廣闊的郊野上沒有任何這類東西，空氣中卻瀰漫著死靈的味道。

柯基人擠過去，和哈士奇人一起把臉湊到窗邊。如果不是人形狀態，他們現在應該是在搖尾巴。

兀鷲先生眼眶中的火苗微微顫動，克拉斯被兩個狗人擋住，一時看不清遠方。

「那是什麼?!」約翰震驚地指著狗人們望著的方向。

車子緩緩停下，車門剛打開，狗人們就迫不及待地滾了出去。樹林深處有一團幽暗的影子，看起來十分高大，克拉斯雖然有真知者之眼，但眼睛本身的視力卻不怎麼樣，他只能看到一團模糊的黑影。

「那是什麼啊……」克拉斯努力分辨著它的輪廓，「像是半人馬。」

約翰身為的血族視力則好很多，他也看到了人和馬，但那不是半人馬。

「是個騎士……」他握緊雙拳，如果他不是吸血鬼，肯定會冒出冷汗，「他的馬沒有頭……他自己也沒有頭！天哪！無頭騎士！」

克拉斯震驚地仔細分辨時，疑似無頭騎士的東西竟然開始向這邊跑了過來。馬匹起初緩步，接著變為小跑。

「他過來了！」約翰拿出手機。

「你拿手機幹嘛？」克拉斯問。

「我存了麗薩小姐的電話號碼，我們是不是該打電話給獵人了？無頭騎士！那是個無頭騎士！無頭騎士啊！沒有頭……」

「冷靜點。」克拉斯無奈地看著他，伸手按了按他的肩膀。

人類溫暖的體溫讓約翰確實平靜了些。克拉斯對他說：「約翰，你要記住，首先你是協會的工作人員，你要防備黑暗生物和超自然物種，但不能恐懼它們。其次，你是個血族，一般人要是遇到你也會嚇死的，你和無頭騎士基本是齊名的。」

約翰警惕地看著減慢速度靠近的騎士，鎮定下來點點頭：「嗯，你說得對，我得專業點。主要是……他們有劍，還有馬，他們會衝鋒過來，還會砍頭……」

正說到一半，無頭騎士停了下來。他在距離車子不遠處下了馬，伸出手摟住跑到他面前的兩隻支系犬。

「金普林爵士我們到家啦！金普林爵士我們想找伯頓玩！」

無威脅群體庇護協會

「我們到家了！好心的人類送我們回來了！」

柯基人和哈士奇人興奮地蹭他、拱他，繞著他走來走去。

無頭騎士顯然沒有頭。即使沒有頭，他看上去也比一般人類還要高大，如果算上頭，他的身高大概是七英尺以上。

他穿著鏽跡斑斑的鎧甲，戴著鐵手套，單肩背著一個印有環保標誌的帆布包，裡面裝著……

「那是頭……嗎？」約翰瞇著眼。

還沒等克拉斯回答，無頭騎士拎起帆布包上下舉了舉。

「他在幹嘛？」約翰問。

克拉斯小聲回答：「他在點頭。」

約翰沉默了將近一分鐘，實在不知道該說什麼才好，腦中交替著「先祖在上啊我看到了什麼」和「脖子上沒有頭就不用點頭了啊」這兩句話。

在吸血鬼目瞪口呆時，克拉斯已經擺出禮貌而專業的姿態，主動和無頭騎士打招呼。他說明了自己來自「無威脅群體庇護協會」，還一直稱呼騎士為「爵士」。因為之前支系犬們是這麼說的，也許這位騎士在古時候是受封的貴族。

支系犬在不停誇獎克拉斯。語速較快的柯基人講述了他們從走失到逃出收容所、再到克拉斯給他們吃雞胸肉的過程。騎士溫和地摸著支系犬的頭髮，稍稍向著車子走了幾步。

他的動作讓約翰有點不安。約翰用目光向克拉斯詢問，不知道是否應該離開。這時，更讓他震驚的事發生了——帆布包裡的頭說話了！

他只說了短短的一句話：「我不會傷害你們，請再靠近點，我有些事要對你們說。」騎士的聲音聽起來並不陰森恐怖，甚至還挺柔和。說完這句後，他不再說話，只是伸手進帆布包裡掏了掏，掏出一個……裝了手機殼的 iPhone。

約翰像看十字架般看著這一幕。克拉斯則立刻明白了騎士的意思。

克拉斯準備走過去時，約翰想阻攔，克拉斯說：「別擔心，他不是要傷害我。如果我不走過去，是看不見手機上的字的。」

看到約翰仍一臉迷茫，克拉斯進一步解釋：「你記得傳說是怎麼說的嗎？在每次的夜間出巡中，無頭騎士只能說一句話。」

「一句話？哦，是的，我想起來了。」約翰點點頭，緊跟在克拉斯身邊。

他想起母親也曾經講過類似的傳說。關於無頭騎士的故事有很多版本，有的說他們的頭徹底遺失了，肩上只有空頭盔；也有的說他們在腋下夾著自己的頭。

據說他們會在夜晚騎著血紅色雙眼的黑馬出巡，每次出門只能說一句話（約翰想不通，如果頭夾在腋下還好，要是徹底沒有頭他們到底要怎麼說話……），他們通常會在這一句話裡念出某個人的名字，以此收割其靈魂，或者說出某句預言或詛咒。

無頭騎士金普林爵士在 iPhone 上飛快地輸入一行字，先拿給克拉斯看：「感謝你們的幫助。先生，你不畏懼我的外形而願意靠近我，我要特別再一次感謝你。我每晚出門只能說一句話，現在我說完了，就只能打字了。」

確認克拉斯讀完，他又打了下一行字，轉向約翰：「而這位先生，如果我沒猜錯，你是一位血族。」

約翰點點頭，金普林爵士繼續打字：「我就不客套了。其實我想請你幫我一個忙，我的摯友也是血族，他需要幫助。」

「聽您的狗說，那位血族先生『快死了』？」克拉斯問。

「是的，」騎士在手機上回答，「恕我冒昧，兩位能不能回到車上？戰馬會帶兩位到我的住處。之後我可以詳細對你們說明細節。回家後我就可以直接說話了，打字實在很麻煩。」

準備上車之前，約翰一時好奇：「爵士，您真的每次出巡都只能說一句話？一句話是多長？」

「我並不能確定具體長度，大約不超過一百四十個字母吧。」騎士舉起手機。

難道這是推特的來源嗎?!

協會的新搭檔二人組同時這麼想著。

Unthreatening Creature Protection Association

Chapter 4

自囚之人

金普林爵士的住處是一座莊園，或者說小型古堡。比起住宅，它更像座博物館。以小古堡為中心的大片土地和樹林都是私有財產，用電子鐵藝大門和高聳的鐵絲網圍住，平時根本沒人靠近。

「以前我就知道這個地區。」克拉斯坐在車裡說，「我聽說這一帶是某古代貴族家族的遺產，房地產在某個法國人名下，那個人根本不在這座城市，於是我就沒注意過這裡。看來古老的黑暗生物都很聰明，總會知道一些避人耳目的小手段。」

約翰看著這片土地，心裡暗暗想：為什麼我家至今都沒什麼財富積累呢？而電影裡的吸血鬼一個個都挺有錢，現在這座莊園的主人們也是。

莊園住宅的大門是高大的雙開拱形門，長而寬敞的長廊連接著大廳。無頭黑馬如煙霧般不見了，金普林爵士雙腳著地，帶著客人們走上臺階。兀鷲不願走進其他人的屋子，就留在車裡等待。約翰要進門前，騎士還特意體貼地多加了一句「請進」。

從走進私有土地時，騎士就已經能開口了，只是當時克拉斯與約翰還坐在汽車裡，他們不方便對話。現在金普林爵士終於可以隨意說話了。他把支系犬們留在樓上，帶著客人直接去了地下室，並說將來他們可以自由參觀莊園，只不過現在要事為重。

地下一樓有接待室，這裡的傢俱明顯是不久前新買的，和上面那些古董風格完全不同。無頭騎士的女妖僕人們端來紅茶和餅乾，還體貼地告知客人這裡的 Wi-Fi 密碼。

「我的摯友伯頓住在地下更深處，」金普林爵士坐在客人們對面，「他已經將近十年不出門了，最近幾年他甚至不再進食。他以前不是這樣，過去他很開朗，熱衷於現代的物品，比如電腦、手機什麼的，還喜歡追逐人類的時尚潮流。我不擅長這些，他就不停教我。而現在……他想慢性自殺。」

「自殺？」約翰留意到，剛才騎士說那位血族停止進食，「伯頓大人難道想餓死自己？」

克拉斯低聲提醒：「約翰，你對伯頓先生的稱呼都變成『大人』了。」

「我只是不由自主……」

當距離高血統年長者很近時，大多數血族都能有所察覺，並產生心理上的敬畏感。

兩個女妖僕人正在幫金普林爵士脫盔甲，騎士把頭放在沙發上，頭顱嘆了口氣說：「為了幫助他，我在網路上諮詢過心理醫生什麼的……我的打字速度就是那時練起來的。我還曾經強迫他進食，我綁住他，掰開他的嘴把血袋擠進去；我甚至不惜打昏他，把血灌進他的喉嚨……可是這些都不行，他仍然一心求死。他在我不注意時畫了個排斥咒語，隔絕了地下更深處的區域，只有血族才能走進去，其他生物都不行。」

約翰和克拉斯對視了一下，怪不得支系犬想要約翰跟他們回家。

騎士的頭繼續說：「而這一切，都是因為伯頓在幾十年前愛上了克麗絲托，一個人類女孩。」

「我不太明白，」約翰說，「伯頓大人已經度過了這麼久的時光，按理來說他不該……」

頭輕笑了一下，說：「我明白，你的意思是『按理來說，他早就見多識廣，不該為這種事頹廢』。但事情就是發生了，我也解釋不清。他在幾十年前結識了她，她是個獵魔人。」

克拉斯和約翰都發出低低的驚嘆。騎士說：「他們的交往細節我不清楚，這都過去了。

重點是，在克麗絲托死後，伯頓就從此一蹶不振。」

騎士的頭長嘆一口氣，語調變得更加悲傷：「我知道你們在想什麼。你們一定在想，這位女孩是不是死於非命？她的死是不是和伯頓有關？所以伯頓才這麼傷心？我告訴你們，不是。克麗絲托和伯頓彼此知道對方的身分，他們彼此幫助，從未敵對，關係風平浪靜。克麗絲托在大約五十幾歲時洗手不幹了，度過了一段平和的日子，她在七十幾歲時患上了阿茲海默症，八十二歲死於嚴重血栓。看，普通人的一生。」

克拉斯把手指放在嘴唇上思考，約翰也一時不知該說些什麼。約翰在小說和影視裡看過不少吸血鬼和人類相愛的故事，近年來人類非常喜愛這個題材，他甚至記得克拉斯也寫過此類故事。

通常在故事中，人類一方要不是最終也會成為吸血鬼，就是會陷入危險而死。或者死的也可能是血族，他們會為保護愛人而背叛家族，最終化為灰燼。

當然，也有的故事會寫不死者眼睜睜看著人類愛人老死的情節，但這些通常被當作背景，人們最多說一句「真是太殘酷了」，幾乎沒人願意去細細體會那究竟是什麼感受。

「伯頓曾告訴我，」騎士接著說下去，「他說他做好了心理準備，他會去照顧年老的女獵人，平靜地送她離世。可是，他想得太簡單了，這並不是看著她多長點皺紋和白髮這麼簡單。他看著她幾乎失去視力和失憶，失去自理能力，渾身出現各種併發症狀。她不再認得家人，也不認得伯頓，時而像孩子，時而像易怒的動物，她死去時的場面也並不像電影裡演得那麼溫馨。我只能說，其實每個細節都很殘酷。伯頓過去確實見過不少匆匆過客，經歷過愛也目睹過死，但……這麼深入地陪伴某個人一輩子，最終送走她，對他而言還是第一次。」

看著至親摯愛死去已經很痛苦了，更痛苦的是看著那個人在病床上被折磨數年，慢慢面目全非地死去。

約翰問：「那麼，伯頓大人為什麼不給予她……」

「你是說，初擁？」騎士又笑了，同時他的身體擺了擺手，「不，這不可能。伯頓不會轉化她，這是他們曾經並肩作戰時就說好了。因為克麗絲托是有信仰的，我這麼說你們能明白嗎？」

這時克拉斯說話了：「那麼爵士，我們能幫您做點什麼？」

金普林爵士回答：「正如我剛才所說，伯頓隔絕了下面的房間，自己囚禁自己，只有血族才能靠近他。我需要這位血族先生替我下去見他。」

「可是我能做什麼？」約翰很不解，他覺得自己並不擅長當心理輔導員，「我不太會開導別人，更別說是同族了，他活過的年歲也比我要多……」

約翰覺得克拉斯和無頭騎士的頭對視了一下，雖然那顆頭上的眼珠早就不見了。

克拉斯說：「約翰，你也是血族，你想像一下，一個好幾年不進食的血族會是什麼狀態？他想要一個緩慢的死亡，但他得不到。」

說到這裡，約翰終於明白了：「我懂了，這麼下去，本能會戰勝他的理智……」

「就是這樣。伯頓先生非常堅毅，但說不定哪一天他就會失去控制。越是衰弱，他就越危險。」

騎士接過話說：「年輕的血族先生，現在的當務之急是強迫他進食。而這件事只有你能去做。」

克拉斯忙著把事情向協會彙報備案，並回到車子裡找東西。騎士則指揮女妖們拿來裝著血袋的小型冷藏箱。

約翰站在通往更深地下室的門前，看著漆黑的通道，心裡非常不安。他將要面對一個更年長的同族，而且還要強迫他進食。

他並不擔心自己打不過伯頓，餓了那麼久的吸血鬼會變得孱弱不堪，他反而有點擔心伯頓吃飽了有力氣後會揍人……正想著，無頭騎士拍了拍他的肩膀，遞給他一雙絕緣手套。

「這是……」他剛想問，這時，去車裡拿東西的克拉斯回來了。

克拉斯拿著兩副銀質鐐銬，上面還鐫刻著密密麻麻的符文。約翰這才明白，他們也擔心伯頓吃飽後會揍人。

在約翰準備下去前，騎士鄭重地告訴他：「如果伯頓反抗，你可以用任意手段壓制他，只要讓他能活下去。」

一種奇怪的感覺湧上心頭，約翰突然察覺到了金普林爵士的心情。

伯頓因目睹克麗絲托緩緩死去而崩潰，一心求死，想讓自己也慢慢死去。可是他一定沒想到，他正在用同樣的痛苦折磨金普林。

顯然金普林爵士不希望伯頓死，更不願看著他自我折磨。也許伯頓從未發現這一點，從未發現自己的行為有多殘忍。

沿著樓梯緩緩走下去後，地下一樓的燈光漸漸遠去，約翰的雙眼在黑暗中緩緩顯現血族特有的深紅色。在靜謐之中，約翰突然想到，如果自己和克拉斯成為長久的工作搭檔，那麼會不會在將來的某天，自己也需要看著克拉斯慢慢死去？

他搖了搖頭，繼續往下走，決定先不去想太久以後的事。

這是約翰第一次看到餓成這樣的血族。

以前他見過妹妹挨餓。她曾經因為太任性而被母親小施懲戒，被餓了一小段時間，當時她的臉色像水泥，憔悴而痛苦，約翰看著那樣的她已經覺得很難受了。

現在他看到了伯頓，一個比他更年長的血族。這間房間和通往樓上的通道都運作著排斥咒語，排斥任何血族以外的生物，地板上堆放著一團墊子和被子，中間躺著身穿絲綢襯衫、身體乾癟得像木乃伊的伯頓。

伯頓的腰上拴著粗大的鐵環，由手臂般粗細的鍊子釘在地上。據說這是他自己弄的，鑰匙被他用魔法丟到了不知道什麼地方。也許體力強健的血族花一點力氣就能把鍊子弄斷，但虛弱至此的伯頓不太可能做到。

約翰單手整理了一下領帶，像要見面試官一樣緊張。他是野生的血族，沒怎麼見過其他長輩，也不太清楚怎麼問好才最禮貌。

「算了，反正他都變成這樣了……」約翰緩緩靠近，戴好絕緣手套，拿起銀質鐐銬。

乾屍般的伯頓在墊子裡縮成一團，頭動了一下，一聲不吭。約翰不知道他是懶得理自己還是沒力氣動彈。

約翰先銬住了伯頓的雙腳，然後去拉他的手。伯頓似乎明白了約翰的意圖，開始掙扎起來。虛弱的他不是約翰的對手，約翰很快就把他制伏了。

「鐐銬是為了避免您吃飽後揍我……」約翰歉意地說，然後將冷藏箱裡的血袋拿出來。只要掰開伯頓的嘴，強行捏出來他的獠牙，將血袋戳破固定住，這樣他就無法反抗只能吸血。

約翰騎在伯頓身上，捏住他的臉。這時乾枯的吸血鬼突然睜開眼睛，和約翰四目相接。

克拉斯和金普林爵士最多只能沿著通道向下走六、七階臺階，下面的部分都被排斥咒語影響著，他們進不去。

無頭騎士的身體在小會客室裡焦躁地走來走去，克拉斯對著騎士放在桌子上的頭說：「爵士，能不能請您填一下這份表格……」是無威脅群體庇護協會的簡表，做簡單登記的那種。

在他簡單和騎士講解協會時，地下室深處傳來幾聲悶響。

「應該沒事。」騎士的頭轉了個方向，「伯頓並不是暴力的人，而且以他的身體狀態是打不過那位血族的。」

「爵士，我想問一個比較私人的問題。如果您不方便說，可以不回答。」克拉斯說。

「請問。」

「您為什麼不把頭放回去呢？」

頭哈哈大笑起來：「知道嗎？兩百多年前，伯頓也這麼問過我！」他的身體把頭拿起來，輕輕放在原本屬於脖子的地方。頭顱無法和脖子貼合，中間像是隔著一層浮動的火光。

「看，我們的頭是放不回去的。」騎士說，「回想起來，很多人類分不清無頭騎士和死靈騎士。其實我也分不太清楚，戴上頭盔後我們看起來都差不多。」

克拉斯知道一點相關知識，但還是第一次聽說無頭騎士的頭無法放回原位。他說：「我聽說，死靈騎士是被生前的誓約束縛著，而無頭騎士是被臨死前的仇恨束縛。」

「是啊，被敵人斬首相當屈辱。」頭顱說，「在死刑裡，斬首比絞刑更殘忍，因為它不僅奪去人的生命，還會切割其靈魂，讓死者被詛咒束縛。曾經我每一晚都要出來尋找頭顱、尋找仇人，其實我的仇人早就不在世上了，那時的我卻一直沒有發覺。我感覺不到時間流逝，每一天都帶著仇恨醒來……直到我遇到伯頓。」

地下深處又是幾聲悶響，看起來約翰正在制伏伯頓。騎士的身體聳聳肩，繼續說：「伯頓阻止我，讓我清醒，告訴我當時是什麼時代，幫助我尋找頭顱。」他拍了拍放在沙發上的頭，「後來我們找到了我的頭，發現根本放不回去，但這樣也足夠了。我心中仇恨的怒火漸漸減退，恢復平靜，我想感謝他，甚至想以古騎士誓言向他效忠，但他拒絕了。最終我們成為了朋友，我們都是黑暗生物，都擁有無盡的生命，這樣再好不過了。」

聽到這裡，克拉斯看了一眼漆黑的通道。

在協會工作多年，他見過不少黑暗生物與人類的悲歡離合。顯然伯頓的狀態並不正常，這位血族也許就像人類中的抑鬱症患者一樣，現在你無法要求他去理智思考、體貼別人，所以他也不會知道金普林爵士的心情。

「爵士，我覺得不太對勁。」安靜了一會後，克拉斯說。約翰怎麼這麼久都沒回來？如果順利的話，三個血袋早該用完了。

騎士和克拉斯走進通道，下了幾級臺階後就無法再繼續前進。克拉斯喊了幾次約翰的名字，沒人回應，地下深處卻仍傳來摩擦地面的聲音。

「約翰？回答我！」克拉斯又喊了一聲。這次他很快就得到了回應，約翰拉著長音哀號了起來。

「怎麼了？發生了什麼事？」克拉斯急切地問。

「我沒事，我沒事。」約翰在樓下結結巴巴地說，「天哪，怎麼會這樣……我簡直沒臉上去見你們了……」

過了一小會，約翰還是上來了。他一手提著冷藏箱，一手抓著自己的西裝外套和襯衫，上半身赤裸著，胸前用血液寫了一句話：別管我。

冷藏箱裡是已經空了的血袋，約翰臉色不錯，神情卻十分頹喪，像一隻做錯事的牧羊犬。

「這到底是什麼情況？」克拉斯問。

約翰低著頭：「他催眠我……我不知不覺就把那些血喝掉了，還用最後剩下的幾滴寫了這個……」他指指胸前的字。

「您這裡還有血袋嗎？」克拉斯轉頭問騎士。

「暫時沒有了。」

「好吧，離天亮不遠了。」克拉斯拿出紙巾遞給約翰，讓他擦掉胸前的血，「我們準備得不夠充分。下個夜晚再繼續吧，我會帶著血袋和其他驅魔師。約翰，到時候我可能需要刺你一刀。」

「什麼?!」

「一小杯血就夠了。」克拉斯比劃了一下深淺，「真的很抱歉，只能靠你，協會沒有那麼多血族。」

「……能先局部麻醉嗎？」

人類和騎士的頭再次對視了一下。

「約翰……可是醫學麻醉對血族沒有用啊……」

快要破曉之前，車子駛入市區，停在一座廉價公寓前。兀鷲先生記得約翰的地址。

準備下車時，約翰發現克拉斯靠在後座睡著了。他拉出安全帶幫克拉斯綁好，看到克拉斯膝上放著一本小筆記本。本子翻開著，上面是一些零散的隻言片語。起初約翰還以為是重要的事項，但仔細一看，這竟然是作家先生的素材積累筆記。克拉斯記錄了很多奇怪的生物，側重點並不是如何對付它們，而是那些生物的形象、喜好、愛恨情仇，以及他本人的各種感喟。

關於今天的事，除了「無頭騎士的頭是放不回去的」之外，克拉斯還寫了這麼一句話：

在某些時候，血族也許顯得非常勇敢，但其實他們和人類一樣怕痛。每種生物都很矛盾。

約翰驚訝地看著克拉斯的睡臉，他知道這些話指的是自己。他突然對這個筆記本感到好奇，也許克拉斯在前面還寫了其他內容，比如他們一起面對魅魔的時候，比如電梯的事，比如克拉斯對他的其他印象。

前座的兀鷲盯著約翰，似乎在用眼神問：洛克蘭迪先生，你到底下不下車？

約翰手忙腳亂地鑽出汽車，這才察覺自己剛才一直盯著筆記本與克拉斯本人。

回到租借的地下室，在睡覺前約翰打了一通電話給父親。父親抱怨了幾句家裡任性的妹妹後，約翰問：「我最近看了一部小說，裡面講……有個血族想餓死自己。」

「那他死了嗎？」父親問。

「我還沒看到後面。」約翰不敢說他真的見了同族長者，「那個人物很奇怪，好像認定了一件事就轉不過來了。他心灰意冷，非要餓死自己不可。我們能被餓死嗎？」

父親說：「理論上是可以的，但是……靠自己餓死自己？不可能。就像人類沒辦法自己用手掐死自己一樣，除非借助外物。人窒息到一定程度，手就使不上力，所以沒辦法自己掐死自己；我們也一樣，當我們飢餓到一定程度，身體會失去自控，那時候你會什麼都不顧、什麼都不記得，腦子裡只想著鮮血。除非你被綁架、被控制住，動不了，那倒是有可能衰弱至死。但這個過程需要很長很長的時間，長到你無法想像。」

約翰覺得背上發涼，他不敢細想那可怕的場面。

和父親又聊了一會後，他們互道早安，掛斷手機準備睡覺。睡著前，約翰突然想起克拉斯在無頭騎士家裡說的一句話：「下個夜晚再繼續吧，我會帶著血袋和其他驅魔師。」其他驅魔師？克拉斯要帶誰去？約翰擔心是麗薩和卡蘿琳，如果是卡蘿琳，也許她會殺死伯頓。

其實約翰多慮了，麗薩和卡蘿琳此時此刻正在獵殺噬心鬼，忙得沒時間理他們。

回到家後，克拉斯也在睡前打了一通電話，話筒另一頭傳來柔和的女性聲音：「早安，德維爾．克拉斯。你是沒睡還是剛醒？」

「還用問嗎？你瞭解我的，史密斯。」克拉斯拉上遮光窗簾，打著哈欠蜷縮進被子裡，「我想請你幫個忙，明天晚上有空嗎？」

「嘿！叫我阿娜絲塔西婭！」電話那頭的女性說。

「有點繞口啊，史密斯。」

又一個黃昏後。克拉斯、約翰和另一位驅魔師在協會辦公大樓的大廳見面，準備出發。

來的不是麗薩和卡蘿琳，約翰安心了不少。站在克拉斯身邊的是個三十歲出頭的棕髮女性，穿著幹練的休閒小西裝和牛仔褲，笑容十分親切。

克拉斯拎著冷藏箱（裡面放著今天準備的血袋），邊向她介紹新搭檔約翰邊走向門外的車子。女驅魔師坐在副駕駛座，克拉斯和約翰坐在後座。克拉斯繼續為他們介紹彼此：

「約翰，這位是今天來幫忙的驅魔師，他就是你一直很好奇的那個人。」

「啊？」約翰不明所以地看著棕髮女性。而且，克拉斯剛才用的是「他」而不是「她」。

「這位是史密斯，」克拉斯很自然地說，「我的前任。」

幽靈兀鷲先生發動車子，倒出停車位，駛上馬路。

車子裡持續了近兩分鐘的沉默。

前座的「史密斯」緩緩開口：「不，我叫阿娜絲塔西婭．海森。」

又是將近三十秒的沉默，又是他先開口：「這位先生……約翰？你是叫約翰吧？要是想尖叫就叫一聲啊？你被石化了嗎？」

約翰的腦袋完全停止運轉了，一時分不清克拉斯是在開玩笑還是什麼。「史密斯」確實是克拉斯的前任之一，據說他死於瓦斯爆炸，是克拉斯三位已死的前任中唯一一個男性。

克拉斯聳聳肩，繼續補充：「我說過，我的前任們沒死。傑里．史密斯是他的本名，同時，他也曾經是『愛琳』和『克雷爾』。」

「什麼?!」約翰盯著後視鏡，棕髮女子從鏡子裡向他擠了擠眼睛。

他和克拉斯都笑了起來。然後他說：「德維爾．克拉斯結過三次婚，死了三個配偶，從此被人稱為『當代藍鬍子』。其實三個前任都是我，明白了嗎？」

「不明白……」約翰誠實地說。

克拉斯告訴他：「史密斯是變形怪，人類外表的性別對他而言只是不同款式的衣服。」

約翰又愣了一會，緩緩說：「變形怪有性別？」

「當然有。」史密斯回過頭說，他現在的形象完全是女性人類，「只不過我們經常需要變來變去的，人類不好分辨而已。當人類時我更習慣女性外形，其實我在變形怪中是男的。」

「這……太複雜了。」約翰收回目光，看著自己的手。

他不想盯著史密斯的巧克力色頭髮，也不想看克拉斯的臉，因為他開始想到了一些不太健康的畫面。比如，這兩個人在之前的婚姻中究竟是怎麼相處的？自我性別認知是男性的變形怪，變成女性和人類結婚兩次，然後再變成男性又結婚一次……這到底是為什麼？約翰很好奇，但問不出口，問這些也太像小報記者的行為了。

變形怪史密斯倒是一點都不避諱當年的事，他說：「要不是你們需要我幫忙，我真的不想再見克拉斯了，看到他的眼睛我就渾身不舒服。當初我就不該一時腦袋發熱和他結婚，我根本沒辦法和他一起生活。後來在某次任務中，我不小心把自己弄死了……當然我沒死透，於是乾脆趁機換了身分。」

「那時你的身分是愛琳。」克拉斯補充說。

「是啊，結果沒過幾個月我又忍不住找他喝咖啡。那個時候我已經換了身分，又不能換回去。於是我們『重婚』了，雖然對克拉斯而言是再婚。當時我是克雷爾。」說到這裡，史密斯停了下來，回頭盯著約翰。

「約翰，你是血族吧？」他問，「你知道在克拉斯的眼睛裡自己是什麼樣子嗎？」

「別挑撥我和搭檔的關係。」克拉斯哭笑不得地說。

「就因為他那對眼睛，」史密斯自顧自地說下去，「我發現，我根本沒辦法和他生活。只是約會還好，要是長時間在一起……我根本沒辦法當一個真正的女性人類。你懂我的意思嗎，約翰？我在克拉斯的眼裡不是什麼知性美女，我永遠是灰白色的，長得像被拉長到六英尺的ＥＴ。後來我又因為任務而不得不換身分，這次換成男的，我還以為自己是男的會好一點，但最終還是不行。」

「是你自己說自己像被拉長的ＥＴ，不是我說的。」克拉斯說。

史密斯長舒一口氣，碎念著：「我很清楚你就是這麼想的……」他語氣輕佻又多嘴，約翰隱約感覺到，正因為他早就不在乎這些了，才能把它們當笑話。

史密斯繼續說：「克拉斯這個人挺有魅力的，我當初又喜歡他的小說又喜歡他家的幽靈。」他拍了拍兀鷲的肩膀，兀鷲對他點頭致意，「曾經我以為，有人類能接受變形怪是件幸運的事，所以我想和他在一起。結果我們根本不適合。」

他又轉過頭，看著約翰：「嘿，你能想像嗎？無論我是化煙燻妝染紅頭髮，還是穿得像ＮＢＣ影集版的漢尼拔，對克拉斯而言都沒有區別。我猜，在他的眼睛裡你也是一臉慘白、凶相畢露。」

「別挑撥我們了，血族在我眼裡和他們的外表相差不大，只是稍微有點像屍體而已。」克拉斯說。

克拉斯的解釋一點都不令人安心。約翰難以置信地看著他，一臉受到打擊的樣子。

「只是『稍微』有點像，並不完全是屍體……」克拉斯進一步解釋。

多嘴的變形怪擺擺手，又說：「約翰，你也別太在意這個，克拉斯是個好人，而且我們早就結束啦。他對被同一個人甩了三次有點耿耿於懷，除此之外，我們現在真的沒什麼了。」

「不，我是對自己總是面對警察的長期盤問耿耿於懷。」克拉斯說，「你和約翰提這個幹嘛？」

史密斯挑著嘴角輕笑了一下：「哦，作家克拉斯先生，你應該記得……變形怪除了擬形外還擅長什麼吧？」

克拉斯似乎想轉移話題，於是他和變形怪的交談漸漸回到了今晚的正事上。在他們說著咒語、法術之類時，約翰不安地改變坐姿，難以自控地心慌起來。

變形怪的話提醒了他，他在協會學到過，變形怪們不但擅長變化形體，還擅長讀取別人的表面思想[1]。史密斯總是能知道克拉斯的某些想法，也許這就是他們難以長久相處的原因之一。他們使用這項異能的方式很簡單，只要看著對方就可以了。

剛才史密斯看了約翰好幾次，約翰現在渾身都不太對勁。天哪，他想，剛才自己的腦子一定很精彩。從想像克拉斯的婚姻細節，到思考克拉斯對自己的看法，還有反覆猜測克拉斯現在是否仍和變形怪有交往，以及……他甚至還想像了一下「穿得像ＮＢＣ版漢尼拔」的史密斯先生和克拉斯在一起的模樣。

1　這裡的變形怪設定更類似《龍與地下城》（DnD）怪物圖鑑中的「Doppelganger」，所以能自由變形加讀心。這個詞也指德國傳說裡的「分身」，當然這裡並不是這個意思。註釋這一點是為了避免和「Shape Shifter」混淆，後者其實也許是更原汁原味的「變形怪」。史密斯的種族是那種自由變成人或生物，且能讀心的物種，而不是變化成各種形體的、源自歐洲古代德魯伊文化（不是遊戲裡的德魯伊！）的生物。後者（Shape Shifter）也許會有很多人覺得耳熟吧？對，就是鼎鼎大名的《超自然檔案》裡溫徹斯特兄弟殺過不止一隻的東西。

這些想法都被變形怪知道了。約翰把頭靠在車座上，來回揉搓自己的臉頰，暫時一眼都不敢看克拉斯。

不過，約翰感覺有一個地方稍顯奇怪。他清晰地記得，克拉斯說起過去時曾難過得掉淚，但顯然變形怪和他的故事並沒悲慘到哪裡去，難道當初他是裝的？約翰不知道這個疑惑是否重要。他想，也許是自己寫八卦小報導留下了後遺症，把事情想得太複雜了。

「今天我們直接破解掉伯頓先生的法術。」

在莊園地下會客室裡，克拉斯和變形怪正忙著鋪設施法用具。無頭騎士派女妖當他們的助手，自己則抱著頭顱站在通道邊。

約翰走過去安慰他：「爵士，放心吧，我們不會讓他有事的。」

「我真是擔心，」頭顱說，「我相信你們能把他帶出來，能讓他活下去，你們是專家……可是接下來該怎麼辦呢？我沒有任何辦法幫助他走出絕望。」

「只要他健康起來，這些就好處理了。」約翰終於找到了自己瞭解的領域，「爵士，也許您不知道，血族的身體越衰弱，思維就越簡單。一個瀕死的血族只會記得進食的欲望和這輩子印象最深的事，他會喪失邏輯能力，只要他再次恢復健康，心智也會隨之健康起來。簡單來說，身體越好反而越容易溝通。」

「只要他能好起來。」金普林爵士的聲音低沉，微微有些顫抖。

克拉斯已經準備好了施法材料和魔法符文，他拍拍手走過來：「那麼我們準備開始吧。約翰，你來配合我，人類使用血族魔法時必須有血族幫助。史密斯你負責念誦咒語。」

血族魔法看似複雜，其實吸血鬼法師在施展時只需要很短的音節甚至一個眼神。可是如果其他種族想學習或使用，則需要複雜的施法步驟。就好像鳥可以振翅翱翔，人類想飛則需要精密的科學發明一樣。偏偏人類的古魔法和血族魔法根本不是一個體系，能同時掌握兩類法術的人非常少。

變形怪史密斯洋洋得意地揮著手裡的影印紙：「知道為什麼克拉斯要找我嗎？因為他雖然懂一點血族魔法，但他不會念這些觸發咒語，而我是語言大師。」

「伯頓施法可能只要一個單詞，我們想解消它卻必須讀一篇散文。」克拉斯聳聳肩，拉著約翰走進地上三點對稱的圖形裡。

「伸出手，對，就是這樣。」克拉斯叫約翰把手舉在身前，手掌向前。史密斯開始念誦咒語，克拉斯則用指尖在約翰的手心描畫著什麼。

手心裡癢癢的，約翰不禁尷尬地左顧右盼。克拉斯抓著他的手，讓他左手在下，手掌朝上，右手手腕翻轉，掌心向下。然後，克拉斯拿出了一把手術刀。約翰看著鋒利的銀色刀刃，感到一陣眩暈。刀鋒割破他的手腕，黑色的血像串珠一樣滴下來。

令人驚奇的是，血珠並沒落在下方的左手上，而是穿過掌心繼續滴落。從掌心穿過的血變成了鮮紅色，一滴滴融入地板上的符文。

約翰手腕的傷已經開始慢慢癒合了，施法過程也趨近於完成。

「低頭。」在一旁的咒文聲中，克拉斯小聲對約翰說。

約翰依言低頭，還以為這次要改在自己臉上畫東西了。誰知道克拉斯又說：「吻我一下。」

約翰完全愣住了，一動不動地盯著克拉斯。克拉斯一本正經地看著他，似乎在催促他。仍在念咒語的史密斯朝約翰擠眉弄眼，看起來快忍不住爆笑出來了。

「吻額頭或臉都可以，快點！」克拉斯伸手去按約翰的頭。約翰慌張地照做，閉上眼睛吻在克拉斯的眉心。

這顯然是為了完成法術。克拉斯蹲了下去，在接受過血液的符文上做了幾個手勢。這時史密斯的咒文也已經讀完。

克拉斯走向通向下層的門口，一直走進通道。他的雙手在黑暗中令空氣微微震顫。隨著他念出一個音節，地下室深處傳來細小的破裂聲，就像薄冰被人踩碎。

「排斥咒語解除了。」克拉斯說，「誰拿一下手電筒？我看不見樓梯。」

約翰拿起手電筒跟著走進去，雖然他的眼睛可以直接在黑暗中視物。

史密斯也跟了進去，在約翰身後壓低聲音說：「至於這麼尷尬嗎？你的表情像快窒息了。」約翰沒回答。不過變形怪能讀出他表層的想法，他在想：這是在他妻子面前……

「是前妻，謝謝。」史密斯竊笑著，用手肘戳了一下約翰的腰。

克拉斯突然停下腳步。他已經可以看到最下層的房間了，門開著，背後手電筒的光芒照亮了室內門前的一小塊區域。

「你們最好過來看看……」克拉斯提高聲音說，「伯頓先生不見了。」

Unthreatening Creature Protection Association

Chapter 5

利刃與回憶之名

沒人知道伯頓是什麼時候消失的，吸血鬼都很擅長無聲無息地行動。約翰帶來的銀質鐐銬留在了被褥上，也不知道伯頓到底是怎麼掙脫的。

「你就不能看著他嗎？」史密斯回頭看著無頭騎士。

金普林爵士沒有回答，轉身離開了房間。他這次沒有拿帆布袋，而是改用雙肩背包。他把頭放在背包裡，背包背在身前貼著胸甲。

他行走的速度像一陣風，無頭黑馬已經等待在莊園門口，正不安地踏著前蹄。

「我們也去找他。」克拉斯帶著兩個同伴跑出去，「我擔心伯頓已經發狂了，也許他……」

「他去獵食了。」約翰看了看外面漆黑的天空，坐到副駕駛座上，「我的視力比較好，這次我坐這裡。」

金普林爵士的黑色戰馬四蹄踏著火焰，奔跑時身周圍繞著黑色煙霧。汽車幾乎追不上它的速度，即使兀鷲把油門踩到底也只能跟在它身後。

「約翰，如果是你，你會去哪裡狩獵？」克拉斯問。

「我？我現在已經不狩獵了……」約翰停下來思考了一會，說，「克拉斯，在這個問題上我提供不了建議。你看，我可以想像自己飢餓時如何捕獵，但無法想像徹底失去理性的血族會怎麼做。」

克拉斯有些自責地想，如果不是第一次強制進食失敗，也許伯頓還能再堅持一段時間。雖然當時伯頓執拗地拒絕了約翰，但血液的味道會暫時留在那間地下室，伯頓躺在那裡，飢餓本來就在不停侵蝕他的理性，也許氣味會進一步誘使他失去控制。

「嘿，」變形怪史密斯能看出克拉斯的想法，「這不是你的錯，那位伯頓的心智本來就已經不完善了。」

「不，至少有一部分是我的錯。」

「我們有辦法抓住他的，我們有另一個吸血鬼和一名騎士，今天正好還有兩個法術大師在。」史密斯說的另一個法術大師是指自己。

克拉斯表情僵硬地盯著前方，語氣平緩地說：「如果他做了過火的事，我們可能不得不殺了他。」

「我覺得那位爵士不會同意……」

「你們看，好像有什麼事故。」前座的約翰指了指遠處，前方公路上有警示燈閃爍。騎士忽然和黑馬一起消失，只有真知者克拉斯仍能看到他——他沿著公路邊緣繼續疾行，隱去了形體。克拉斯急忙對兀鷲施了個法術，讓他看起來有人類的面孔。

幾輛警車停在那裡，圍著事故現場。一輛貨車傾覆在路邊，擋風玻璃完全粉碎。減速經過後，克拉斯低聲說：「也許是伯頓幹的。」

「你確定？不是單純的事故嗎？」史密斯問。

「這裡沒有相撞痕跡，也沒有其他障礙物，煞車痕跡看起來像急停躲避什麼一樣，而顯然這裡沒有其他車輛也沒有動物，就算是動物，牠也不會導致卡車變成那樣子。」

約翰同意他的看法：「重點是，那裡有濃重的血腥味，濃烈到我的手指都發麻了。」

「這裡還有一個人類呢，你還忍得住嗎？你別嚇唬他。」史密斯說。

「我沒事，我相信約翰。」克拉斯憂心地盯著窗外，這句話說得十分自然。

約翰只是尷尬地笑了笑。他不清楚變形怪是否能隔著座椅對後腦勺讀心，如果能，自己現在的腦子一定也很精彩，充滿了「克拉斯這麼說讓我好高興啊」之類的隻言片語。

他趕緊換回剛才的話題：「其實被害者可能還活著，真的，希望很大。」

「怎麼看出來的？」史密斯問。

「發瘋的血族會把獵物吸乾，不管他需要不需要這麼多血。他會撕開獵物的喉嚨，製造巨大的傷口，而不是僅靠獠牙製造的小孔，喝不下的部分會從獵物的傷口裡流出來，地上會到處都是血。剛才我們經過的現場雖然殘留著血腥味，但並沒有強烈到那種地步，地上也沒有那麼多血。」

「你怎麼知道血不在卡車裡？」變形怪又問。

這次是克拉斯回答的：「擋風玻璃雖然碎了，同時卡車車門也被打開，但它沒有扭曲變形，門把沒有被大力捏握的痕跡，應該是裡面的人自行打開的，也許受害者原本想爬出來逃走。而且，受害者不見了，應該已經被救護車接走。如果有屍體躺在那裡，現場需要取證甚至封路，不會清理得這麼快。更主要的是，這地段很偏僻，我們一路都沒遇到其他車輛，如果卡車裡的人死了，是誰報警的呢？」

史密斯挑挑眉毛：「喔，真不錯。在我眼前的這對搭檔真是心心相印。你們之中誰會拉小提琴？誰當過軍醫？」

「你夠了……」克拉斯轉頭看著窗外。

這天晚上，西灣市的很多人都感覺到有些異狀。明明看不見形體，卻覺得有什麼東西疾馳而過，馬蹄聲若隱若現。同時，很多驅魔師和獵人都被協會內部通訊提示音叫醒，離開床鋪走上深夜的街道。

「戴上識別證和別針。」接近市區開始搜尋時，克拉斯提醒約翰，「並不是每個協會的獵人都認識你，我怕他們誤傷。」

識別證就像普通證件一樣，別針則是反光材料做成的針式暗釦。識別證掛在胸前，別針則要戴在後頸領子上。這麼做是為了辨明敵我，防止還沒機會展示識別證就被人砍掉頭。

「我怎麼一點都不覺得安心啊。」約翰轉過身，讓克拉斯幫他別好別針。

「放心吧，受過訓練的驅魔師和獵人都很熟悉別針和識別證，只要你戴著它們，絕不會有人攻擊你。」

兀鷲用幽影特有的方式聯絡了海鴞，現在兩個虛體生物也加入了搜尋伯頓先生的行列。變形怪史密斯給他現在的搭檔打了通電話，準備匯合。

「我去找我自己的搭檔啦。」他揮了揮手機，「你們也小心點。」說完，他脫掉高跟鞋拎在手裡，以絕不可能屬於人類的速度跑得不見蹤影。

凌晨的城市大部分區域都寂靜無聲，只有一兩條街還閃動著霓虹，隱隱傳來喧鬧的音樂。偶爾有男男女女鑽出酒吧，繞到路燈照不到的小路上，醉醺醺地纏繞在一起。

男孩剛成年沒多久，摟著煙燻妝有些化掉的女伴，正惴惴不安地想究竟是該帶她回家還是也找個沒人的地方……

女孩蹭了蹭情人的脖子，抱著男孩的腰，撒嬌地要把他拖進巷子，其中的暗示不言自明。男孩沒喝得那麼醉，還有點疑惑和難為情。最終他還是決定順其自然。兩個人有一句沒一句地抱怨著剛才酒吧裡的音樂，躲進陰影裡開始接吻。

突然，一聲抽泣打斷了他們的激情，兩個人停下來，望向巷子更深處。那裡蜷縮著一個穿白色衣服的金髮男人，似乎在痛苦地嗚咽和顫抖。

「嘿？你還好嗎？」男孩大聲問。

對方沒有回答，男孩小心地靠近幾步，女孩跟在他身後。金髮男人又往角落縮了縮，扶著磚牆慢慢站起來，呼吸越來越急促，像是過度呼吸症發作一般。

「你怎麼了？」男孩又前進一步。

金髮男子非常瘦弱，而且似乎不太舒服。他放鬆了警惕，伸手過去想攙扶對方。他突然看到，金髮男子的身上血跡斑斑，腳下也有大片血汙，男孩驚訝地後退一步，這時女孩拿出手機，螢幕的冷光照射過去，他們這才看清金髮男子的模樣。

兩個年輕人嚇得一時無法動彈。這人的白襯衫和長褲上血跡遍布，左臂和左側肩頭有多處槍傷，腿右深深插著一把匕首，那些彈孔和傷口不僅流血，還向外散發著蒸汽般的輕煙。

他的五官十分俊美，但皮膚蒼白，眼角、鼻孔和唇邊都掛著暗紅色的血痕。最驚人的是他的眼睛。起初他低著頭，現在他直直地看著兩個年輕人，雙眼像燃燒著的鮮血一般。

男孩抓著女孩尖叫著逃走，女孩卻被腳下的鞋子絆倒。巷子裡的慘叫無法傳到附近的房屋裡，因為每家店都播放著激烈的音樂。

「放開她！」

一個女性的聲音傳來。與此同時，有什麼東西閃過怪物身邊，發出「嗖」的一聲。

金髮怪物嘴裡還咬著女孩的脖子，躲過了消音槍的射擊。他的皮膚和肢體比剛才更加飽滿，一隻手丟開懷裡的女孩，另一隻手握住腿上的匕首，用力拔了出來。迎接他的又是幾次密集射擊，金髮怪物拋下懷裡的女孩，像不受重力制約般順著管道攀上牆壁，再翻上屋頂。

「麗薩！給我那個！」握著槍追來的是卡蘿琳，她還穿著畫有星際寶貝的居家服，腰上背上綁滿武器。

「也只有我聽得懂妳在說什麼……」黑髮的麗茨貝絲攙扶著被襲擊的少女。

她將傷患輕輕放在地上，左手按住其傷口，右手用銀筆在空氣中畫了個符文，將它推向卡蘿琳。符文瞬間融進卡蘿琳身體裡，女獵人雙手持槍，同樣輕巧地跳上屋頂，向怪物追去。

在一座大廈背面，克拉斯和約翰攔截到了伯頓先生。

約翰只見過乾枯得像樹枝的伯頓，現在的伯頓像是換了個人一樣。他微捲的長髮像金色月亮下湖水上的波瀾，雖然凌亂不堪，仍顯得高貴美麗；他的皮膚恢復了血色，眼神更加生動，嘴唇因為身上的傷勢而微微發抖。顯然之前他不止遇到過一個獵人，而且——他進食了。他下巴上的血跡和已經恢復的生命力足以證明這一點。

約翰嘗試靠近他。三十英尺，十五英尺……伯頓就那麼站在那裡，完全無視約翰和克拉斯，任憑傷口內的銀彈燒灼著身體，目光空洞地望著天空。伯頓現在已經恢復了不少體力，按理來說，心智也該一起恢復了，可是他就像丟失魂魄般，連有其他血族接近也渾然不覺。

約翰戴著絕緣手套拿著銀製鐐銬，後背微微伏低，隨時準備攻擊伯頓。卡蘿琳從遠處屋頂跳了下來，衝過來的同時直接對伯頓的腿開槍。

約翰心驚膽戰地閃開，生怕她有一槍打歪到自己身上。伯頓因子彈的衝擊而跪倒在地，他猛地轉身，輕念出一個音節，子彈被看不見的屏障擋住。

是血族魔法，角落裡的克拉斯觀察著。

他正在準備「檻車」，由於平時不當驅魔師，他做這個不如麗薩那麼快，而麗薩要安頓受襲擊的女孩，現在還沒出現。

卡蘿琳已經接近伯頓。她扔下槍，抽出長刀氣勢洶洶地衝了上去。約翰察覺到她的動作，搶先一步躍到伯頓身後撲過去，他不希望卡蘿琳就這麼砍死伯頓，所以想搶先下手制伏他。

令他吃驚的是，伯頓竟然毫不反抗，而是呆滯地任憑約翰扼住他的喉嚨。卡蘿琳也停下腳步，歪頭不解地看著這一幕。

伯頓跪在地上，愣愣地看著卡蘿琳……不，他看的不是卡蘿琳，而是卡蘿琳身後更遠的地方。在那個方向，麗薩正匆匆地跑過來。

「克麗絲托，原諒我……」伯頓的嘴唇顫抖著。

他眼中看到的並不是穿職業套裝的女驅魔師，而是他所熟識的另一個人。

卡蘿琳對約翰皺眉：「你抓住他了，就快點打暈他然後離開！等一下要是克拉斯和麗薩都用『檻車』，你就算不被收進去也會覺得像跳進沸水一樣疼痛。」

原來那法術這麼可怕嗎？約翰不禁感到後怕。上次他被壁障保護著，沒有領教過其威力。

在約翰把伯頓的手扭到身後時，伯頓一直在盯著麗薩，毫不反抗。

「什麼情況，他怎麼了？」麗薩走近問。

「他似乎把妳當成『克麗絲托』。」卡蘿琳說。

麗薩扶了扶眼鏡框，細細打量狼狽的吸血鬼。

「安德拉茨．譚辛．伯頓？」麗薩難以置信地看著他，「不會吧，你是那個伯頓？」

「為什麼妳會認識他？」卡蘿琳看上去比麗薩還要震驚。

「我家有他的照片。」

「啊？」

「很多年前的，鎂粉相機時代的照片。」麗薩說，「我家留下了不少老照片，那些人都是黑月家族的朋友。」

麗茨貝絲．黑月，這是麗薩的全名。「黑月」經常被人當成精靈奇幻遊戲愛好者編纂的假名，但這真的是她家族的古姓氏。她出身於驅魔師世家，聽說她的家族是古代貴族宮廷祕密施法者的後裔，如今盛產學者和教授之類。

克拉斯也走了過來。「麗薩，黑月家有沒有叫克麗絲托的女性祖輩？」他邊問邊蹲下，用咒文加固銀質鐐銬的強度，防止伯頓突然暴起逃走。

麗薩點點頭：「有的，我祖父的姐姐就叫克麗絲托。這位真的是伯頓先生？難道他把我當成克麗絲托了？但是……我長得和她年輕時並不像啊。」

「他的狀態不太對勁。」克拉斯說，「並不是因為妳長得像誰，也許他根本沒看清楚妳的長相。他感覺到的是妳的血統，在他眼前的幻覺裡，妳現在大概是克麗絲托的樣子吧。」

約翰和卡蘿琳拎起雙腿受傷的伯頓，伯頓則一直看著麗薩，眼神雖然呆滯，但卻有一種暗淡的瘋狂氣息。

「克麗絲托，原諒我。」被推著離開時，伯頓一直小聲說著，「我……我只是想結束妳的痛苦，所以才替妳做了那個決定，對不起……」

麗薩突然睜大眼睛，追上去攔在伯頓面前：「你說什麼？是你？是你幹的？」

「怎麼了？」克拉斯問。

麗薩退開幾步，深吸一口氣：「克麗絲托女士暮年時患了重病，一直住在療養院……」

「這我知道。」克拉斯是從無頭騎士那裡聽到的。

「她死後，黑月家族公布她死於心血管疾病，其實並不是。從現場看來，她自殺了。她是虔誠的信仰者，按理來說不該這麼做的。為了她的名譽，家族自欺欺人地說她死於疾病。」女孩停頓了一會，難以置信地看著虛弱的伯頓：「是你殺了克麗絲托？」

這句話讓伯頓身體一震。

他的目光仍舊失焦著，肩膀開始無法抑制地顫抖起來。約翰和卡蘿琳抓著他的雙臂，克拉斯則小心地靠過去查看。

「媽的！他摸起來好燙！」卡蘿琳驚叫一聲。十幾秒內，伯頓的皮膚從冰涼變得微熱，再到燙手。

克拉斯向麗薩伸出手：「給我銀筆！他快變成血魔了！」

聽他這麼說，約翰和卡蘿琳更不敢鬆開手。協會的人都學過，徹底失去理智、靈魂被痛苦燒盡的血族會轉化為「血魔」，變成只知道破壞與進食的怪物。

在各地傳說故事中，「吸血鬼」通常有兩種形象，一種是冷靜高雅的貴族，一種是和怪物並無區別的強大吸血惡魔，後一種其實不是真正意義上的吸血鬼，也不是血族的衍體，而是血魔。從破壞力上來說，他們比普通血族更強大，但生命卻很短暫，他們會在夜晚盡情殺戮，面對日光也不知停歇，直至耗盡全部力量而慘死。

麗薩蹲下去，開始在地上圍著伯頓畫咒文，希望多少能限制他的行動；克拉斯則用麗薩的銀筆撬開伯頓的嘴，打算用銀筆在牙齒上寫咒語。這個法術能阻止血魔殺戮，但通常難以成功，畢竟在吸血鬼嘴裡施法不是容易的事。

約翰感覺到伯頓的手臂中有力量在跳動，像是要掙脫骨骼和皮膚的束縛一樣。在他還沒來得及出言提醒之前，年長的吸血鬼猛地掙扎了起來。

這一切發生在不到一秒之間，趴在地上畫咒文的麗薩甚至沒看清吸血鬼的動作。但約翰能。

事情發生的瞬間，他放開了伯頓的手臂，因為伯頓正作勢要向克拉斯衝過去。

約翰一把攬住克拉斯的腰，用血族特有的迅捷動作跳出十幾呎，躲開伯頓的攻擊。情急之下，他忽略了一點：卡蘿琳只是人類，這麼近的距離內她無法及時拔刀或開槍，而且她無法只靠雙手制伏伯頓。伯頓仍被鐐銬束縛著，但獠牙已經刺入了卡蘿琳的脖子，將她仰面壓倒在地上。

「不！」約翰和麗薩抬起頭時，這已經發生了。約翰把克拉斯放下，轉身準備去救卡蘿琳。

這時，街道遠處的路燈開始閃爍，並「啪」的一聲爆裂熄滅。帶有死亡氣息的風徐徐吹來，遠處傳來清晰的馬蹄聲。

戰馬踏著煙與火焰飛奔而來。無頭騎士金普林從黑暗中一躍而出，擋在伯頓與約翰之間。他手裡緊握著焦黑色的長劍，居高臨下地掃視眾人。

伯頓抬起身體，喉嚨裡翻滾著野獸般的低吼。

被吸過血的卡蘿琳渾身麻痺，無法動彈。麗薩緊張地開始準備法術，克拉斯按住她的肩膀，輕輕對她搖頭。

金普林爵士的雙肩背包掛在胸前。他緩緩打開拉鍊，背包裡的頭顱堅定地說：「曾經是你幫我走出瘋狂，吾友。今天輪到我來尋找你——安德拉茨．譚辛．伯頓，此刻我將收割你的靈魂，以黑暗、利刃與回憶之名。」

金普林爵士已經很久沒有呼喚過別人的全名了。

他曾無數次在夜晚出巡，騎著黑馬。他的戰馬和他一樣失去了頭顱，仇恨與鮮血將他們留在世間，讓他們夜夜巡行於黑暗之中。

金普林爵士曾經忘記自己該做什麼、想做什麼。他不記得自己的目的，只記得刻骨的仇恨。後來他遇到了那個吸血鬼，對方承諾幫助他找到頭顱，才用了短短幾十年，他們真的找到了。

騎士不再仇恨，他緊緊擁抱著頭顱，跪倒在吸血鬼腳邊。他對吸血鬼誓約忠誠，但那個金髮的漂亮青年卻大笑著說：「我不要什麼契約騎士，但我們可以當朋友。」

他們一起生活，一起經營某些生意，像人類一樣裝飾住所，暢談一切有趣的話題。他們救下兩隻奄奄一息的支系犬，訓練牠們接網球，在他們變身成人形後教他們語言甚至歌唱。

每次離開私有領地，騎士只能說一句話。當他用這句話來殺人時，他會念出那個人的全名，將焦黑的劍或長槍刺入其胸膛。

那個人的軀體會化為鮮血，鮮血再融入黑霧，他將慘叫著被解離，其靈魂將被永遠釘在象徵騎士榮耀的劍或長槍上。

漆黑一片的凌晨街道上忽然迸發出鮮紅色的光芒，吸血鬼的慘叫聲猶如狂風呼嘯。

遠處有幾個匆匆趕來的獵人，原本是為了追蹤阻攔無頭騎士而來，現在他們震驚地望著這一幕，百思不得其解。

麗薩摟緊卡蘿琳，為她檢查傷勢。在她們眼前，紅色和黑煙相互侵蝕糾纏，金普林爵士和黑馬都已經被瘋狂旋動的血霧包圍，他舉起長劍，戰馬抬起前蹄，空氣中傳來一聲長嘶，騎士調轉馬頭踏著黑霧離去，消失在夜幕之中。

這件事過去一週後，傍晚六點多，協會分會的工作人員聚在小會議室。

約翰趕到時，克拉斯正在傑爾教官的辦公室裡私下談話。史密斯今天仍然是棕髮美女，正在照鏡子梳理捲髮。麗薩和卡蘿琳坐在小會議室窗邊，被吸血鬼咬過一口的卡蘿琳正說到什麼「我真想用牙醫鑽頭打碎他們的牙齒……」。儘管知道不是說自己，約翰仍感到後背一陣發冷。另外幾個驅魔師和獵人也在私下交談著，討論那一晚發生的事情。

實際上，這一週裡，約翰並沒有參與善後工作，他不知道協會將怎麼處理金普林爵士和也許已經死去的伯頓。

「你知道嗎？我們去搜索伯頓的地下室了。」史密斯靠過來，主動和約翰搭話，「實際上，樓上的其他房間也搜了。你猜我們發現了什麼？」

「猜不到，日記嗎？」

「對，一大堆日記，還有一塊硬碟。嚴格來說硬碟也應該算日記，從十幾年前起伯頓就開始用電腦寫日記了。」

約翰有點心不在焉，他認為日記無非是伯頓用來記錄痛苦的而已。他比較關心金普林爵士怎麼樣了，可是史密斯沒辦法給他答案。

從其他人的竊竊私語中，約翰漸漸發現，他們今天聚在這裡似乎是為了另一件事，而不僅僅是關於無頭騎士和吸血鬼。血族的優秀五感讓約翰聽到了「神祕人」「假身分」「醫師」「十幾年前」等等詞語，約翰不知道他們在談論什麼。

過了一會，傑爾教官和克拉斯出來了，克拉斯帶著電腦和伯頓的硬碟。這個小會議是克拉斯召集的，他在伯頓的日記中發現了一些事情。被投影儀器播放出的日記節選，克拉斯已經把重點段落全都標示出來。

約翰和所有人一樣吃驚。從這份日記看來，伯頓曾在女獵人住的療養院遇到一個身分不明的男性醫師，而這間接導致他做出了後來的選擇。

十幾年前，黑月家的克麗絲托女士身患多種重病，其中包括阿茲海默症。

伯頓偽裝成看護，日夜陪伴她。伯頓是血統久遠的血族，任誰也想不到他會做出這些事情。他已經不太怕室內的陽光了，所以他基本不休息，希望自己能給克麗絲托最好的照顧，盡可能減少她的痛苦。據麗薩說，黑月家族從不知道這位看護。看來伯頓並不希望被人發現。

蹊蹺的事情發生十三年前，克麗絲托不小心從輪椅上跌下來，左手和左膝骨折。伯頓在日記裡說，有一天他正在照顧克麗絲托，突然有個醫師走進病房，反手鎖上了房門。

醫師很高，黑髮藍眼，五官看起來像有東歐血統。他笑著對伯頓說：「您是血族對嗎？她是您的戰友與摯愛，可是您真的瞭解她嗎？」當時伯頓很吃驚，他不知道這個醫師是誰，更不知道對方為什麼能發現自己的身分。醫師對他說了很多殘酷的話，讓伯頓開始動搖。

那時伯頓和金普林爵士已經開始飼養支系犬了。有一天夜裡，柯基人（從日記中看出，他叫「帕尼」）溜進病房送東西給伯頓，結果又被那個奇怪的醫師撞見。醫師在看到柯基人的瞬間說：「啊，是支系犬？這是您養的嗎，血族先生？」

後來，伯頓和這個醫師談了很多很多，醫師說自己能看到每個人生命的本質，他還說克麗絲托的靈魂一直被困在凋朽殘破的軀體裡，其實她希望得到解脫。

那個時候克麗絲托確實相當悽慘。伯頓思考了很多天，產生了想要幫她結束痛苦的念頭，但一直沒能下定決心。

一個傍晚，伯頓在地下室小憩了一會後，打算去病房替克麗絲托念書。他走了進去，看到孱弱不堪的老人匍匐在地上，打翻了餐盤，手裡緊緊握著一支叉子，正想把它刺進喉嚨。

她身上還插著管子，衰弱得連用手撐起身體都難以辦到。這個瞬間，伯頓下定了決心。

他奪走老人手裡的叉子，把她抱回病床上。

「妳是有信仰的，妳忘了嗎？」他對老人說，「妳連被初擁都不肯接受，又怎麼能自殺呢？別擔心，我不會讓妳下地獄的。」

伯頓殺死了克麗絲托。為了不留下黑暗生物的痕跡而讓療養院惹上麻煩，他讓老人的死狀看起來仍像是自殺。伯頓知道她的神自會分辨，表像只是用來欺騙人類的。

從這之後，伯頓一天比一天頹廢痛苦，他漸漸開始質疑一切，並開始嘗試和她一樣的死亡過程。

「昨天我和傑爾調查了那家療養院。」克拉斯輕點滑鼠，關掉日誌，「伯頓冒充的看護暫且不說，符合日記中所描述的年齡、外表和值班時間的醫生也完全不存在。」

約翰還沒見過克拉斯現在這種樣子——嚴肅，甚至可以說嚴厲。起初他不明白，為什麼克拉斯調查時不叫他，而是和傑爾教官一起去？隨即他想到，克拉斯他們是在上午動身的，這段時間自己也許能勉強看幾眼太陽，時間長了非當場昏迷不可。

克拉斯站起來：「現在，伯頓先生已經不是威脅了，好在金普林爵士是抱有善意的黑暗生物，後續問題不難解決。讓我震驚的是日記裡的內容。如果我沒理解錯誤，當年伯頓遇到的『醫師』同樣擁有真知者之眼。」

真知者之眼——能夠直接看穿所有生物的本質，不會被任何偽裝蒙蔽。有這種特殊能力的人十分少見，據說比擁有魔女血裔的人還稀有，至今人們還不能確定它是怎麼形成的，從遺傳方面也找不到任何規律。

德維爾．克拉斯擁有真知者之眼，所以他一眼就能看出誰是吸血鬼、誰是變形怪，甚至能夠分辨出被幽魂或惡靈附體的人。

「雖然是伯頓殺了克麗絲托女士，但在這之前，她企圖自殺時的行為十分可疑。」克拉斯繼續說，「我相信這些事和那位『醫師』難脫關係，我甚至懷疑是『醫師』故意引導伯頓殺死克麗絲托。」

「確實很有可能。」一個獵人問，「但為什呢？先不管那個人是誰，接下來的十幾年他都沒有再出現，沒再騷擾吸血鬼伯頓，那他的動機和目的是什麼？」

克拉斯搖搖頭：「我們現在還不知道。他在這件事後立刻銷聲匿跡，應該是故意躲藏起來，或是更換了身分。」

「我聽說真知者很稀少，」變形怪史密斯說，「全球平均每個國家都不見得能有一個，我們這裡怎麼會出現兩個？要不是他是專程跑去療養院的——雖然我覺得這也真夠麻煩的——就是他並不是真正的『真知者』，他可能只是借助了法術。」

克拉斯點點頭：「也有可能。」

傑爾教官接著說：「不管怎麼說，我們接下來要在工作之餘多留意身邊的事。」

人們又討論了其他問題，比如對普通民眾的影響、傷者的恢復等等。約翰這才知道，那天被伯頓襲擊的人都被搶救回來了，這讓他覺得心裡舒服許多。同時他也瞭解到，即使暫時還沒有殺死人，伯頓也不能繼續自由行動。因為發狂繼而變成血魔的過程是無法停止、不可逆轉的。

會議之後，克拉斯把約翰叫到傑爾教官的辦公室。現在這裡除了他們之外，只有傑爾教官和史密斯。

「那個醫師可能殺過我。」史密斯開門見山地說。

約翰驚訝地看著他，不明白這從何說起。傑爾教官對約翰做了個少安勿躁的手勢，從抽屜裡拿出一份列印資料交給約翰。

「這是一些很簡單的紀錄，有時間看一下。」傑爾說，「約翰，因為你現在是克拉斯的搭檔，所以我要求你也留下來。關於日記裡提到的『黑髮藍眼的醫師』，我們懷疑這個人在三年前也出現過，並且和協會的人有過衝突。

「三年前，克拉斯救助了一個傷痕累累的深淵種惡魔。

「惡魔交代說，他對人類社會不感興趣，他是被法術強行綁到這個空間的，之後他被很多『法師』拘禁著，被迫接受痛苦的實驗。和他同樣被拘禁的還有很多生物。當時，協會和獵魔人組織合作，透過一系列調查，找到了藏匿數十種超自然物種的地方，而關押它們的竟然是奧術祕盟的殘餘勢力。」

「奧術祕盟？」約翰覺得這名詞簡直像是出自奇幻遊戲。

「你是野生血族，所以你不知道，其實很多血族的大氏族都和他們有過戰爭。他們是一個古老組織，到近代日漸衰落。他們終日進行各種有違人性的實驗，試圖支配人類和黑暗生物……具體細節可以叫克拉斯私下跟你說。

「在上世紀四〇年代，反對奧術祕盟的施法者和獵人們集結在一起，將這個擁有罪惡歷史的組織徹底清剿。當然，後來人們發現還有漏網之魚在隱祕活動。協會三年前接觸到的那些法師就是奧術祕盟的人。

「這次也和過去一樣，在協會救助受害者的同時，獵人們處決了不肯投降的法師。當我們以為事情將要結束時，有個黑髮的男人突然出現，他殺死了願意接受調查、配合協會工作的那些法師，並且還……」

說到這裡，傑爾教官停下來看著克拉斯，深深嘆了口氣。

變形怪史密斯接著把事情說完：「當時，有六個人在場，其中包括我，克拉斯則是臨時小組的負責人。我們被那個男的暗算，被束縛在原地不能動。那個人當著克拉斯的面，一個個慢慢地殺死我們。我雖然奄奄一息，但還活著，後來我找機會逃了出去，帶更多的獵人趕來，而那個男人卻逃走了。」

聽到這些，約翰震驚不已。三年前，正是克拉斯的最後一任配偶「史密斯」死於「瓦斯爆炸」。

接著，史密斯說到了這一段：「這件事過去後不久，我以為奧術祕盟的事情能暫時告一段落，而且那時我和克拉斯正在……準備離婚。我放鬆了警惕，獨自去酒吧找樂子。結果我竟然遇到了那個逃走的法師，他用法術摧毀了整棟房子，還親自檢查了我支離破碎的『屍體』。」

史密斯揉搓著自己的手臂，平復回憶那一幕時身上泛起的寒意：「是偽裝能力幫我逃過一劫的，我故意讓自己看起來更嚴重了一點。」

後來史密斯更換了身分，克拉斯也接受了一段時間的保護。那個男人再也沒有出現，彷彿報復行為到此終止。三年過去，協會也好，獵魔人組織也好，都再也沒有發現祕盟法師的活動痕跡。

今天，他們從伯頓的日記中看到了那個人，而且竟然是在十三年前，比協會和他初次接觸時還要更早。

「其實還不能確定他們是同一人。」思考後，克拉斯說，「雖然外貌特徵聽起來很像，但畢竟髮色、瞳色、身高等等都是比較空泛的描述。」

「我也這麼想，」史密斯說，「如果這兩位真的是同一個人，那也太可怕了！如果他也有『真知者之眼』……天哪，當時他知道我根本沒死！」

傑爾教官點點頭：「三年前，我是參與救援的獵人之一，我親眼看到協會同事的慘死；史密斯和克拉斯在這件事中受到的打擊則比我更大。現在一切都還不能定論，我們只能暫且靜觀其變。也許明天那個黑髮藍眼的男人又會出現，也許他將來再也不會出現。」

約翰並沒發現此刻史密斯仍在對他讀心。

他正對教官輕輕點著頭，心裡卻在想：天哪，當我冒充記者和克拉斯談起「喪偶的過去」時，實際上喚起的卻是這些記憶！

怪不得克拉斯當時說了那些話：「**這份工作壓力很大，而且幾乎沒人能瞭解……我想，我再也不能面對……**」

當時約翰的判斷是對的。在虛構的悲傷話題上，克拉斯流露的卻是真實的情感。

結束談話走出辦公大樓後，趁克拉斯在接電話，史密斯把約翰叫到一邊。

「你是新人，所以我想告訴你，」史密斯說，「協會能提供保護和穩定的工作，但與此同時，也會讓你面對你不願承受的危險。你要知道，如果僅靠對協會的好奇，或僅靠對克拉斯本人的好感，你早晚會無法勝任。」

「我並不是……」約翰想說自己不僅為了這些，但一時竟然無法反駁。

史密斯拍拍他的肩膀：「別緊張，好奇心和英雄情結不是壞事。我只是提醒你，我們這些人……或者這些怪物，在工作中面對的東西可不簡單。」

臨走前，史密斯又微笑著輕聲補充了一句：「我知道你關心克拉斯。所以，好好保護他。」

一個月後某個週末晚上，克拉斯和約翰又來到金普林爵士的莊園。

支系犬在夜晚已經變成人形，此刻依舊以狗的姿態趴在地毯上。柯基人的姿勢很像曬太陽的鱷魚，哈士奇人側躺著，淺色眼睛中溢滿哀傷。

替客人開門的女妖聳聳肩，離開大廳。克拉斯走近柯基人，蹲下來揉了揉他的頭髮：「別擔心，會好起來的。」

「不會好了，」柯基人傷心地說，「伯頓先生再也不陪我們玩了，從此以後，我們得學會自己洗澡……」

他幫你們洗才不像話好嗎……約翰站在後面默默地想。

「現在，每個夜晚我們都能聽到伯頓先生的慘叫，」柯基人繼續說，「他很痛，他總是喊著好熱、好難受，求你把它拿出去……」

「什麼?!」約翰差點腿一軟坐在地毯上。

克拉斯回頭無奈地看著他：「你……想到什麼了？」

「我……」

「反正不是你想的那樣。」克拉斯很清楚約翰的聯想，「我給你看過古時候無頭騎士的觀察記錄了，你想想，被其收割靈魂的人會怎麼樣？」

約翰趕緊把腦子裡糟糕的畫面驅趕出去，並十分慶幸變形怪不在這裡。

嚴格來說，被無頭騎士收割靈魂的人已經死了，但他們仍會感覺到灼熱的長劍甚至鐮戟插在胸前，日日夜夜折磨他們，直到他們原本的靈魂被一寸寸侵蝕，被變成另一種怪物——報喪妖精，人們習慣把它們稱為「報喪女妖」。

在關於無頭騎士的記載裡，人們常提起其身邊有報喪女妖跟隨，比如金普林爵士家的女妖——它們普遍愛哭，長相各異，有的會彈鋼琴，有的還會修汽車。

中世紀的黑暗歲月中，人們常把不吉利的東西和女性聯繫在一起，連童話裡都是巫婆比男巫多一些。其實，這些黑暗生物並不一定是女性。

報喪女妖是一種古老的妖精，它們有的屬於天生的黑暗生物，也有的則是由普通活物的靈魂轉化。就像人們概念中的「死靈種族」般，在這個範疇內，有的東西是由黑暗或邪惡瘴氣日久形成，也有的是死者化作的亡靈。

約翰突然很想看看莊園裡的其他「女妖」，非常好奇這些人之中有沒有男人。他想起了培訓時期遇到的那個擁有「魔女血裔」的肌肉壯漢。

「難道伯頓大人會變成……報喪妖精？」約翰問，「血族也可以這樣嗎？」

克拉斯神色黯淡地嘆口氣：「當然可以。不過令人痛心的是，因為血族生前的力量強於人類，所以血族靈魂被轉化會需要更長時間。」

「簡單來說就是——他會疼很久才能好起來？」

「可以這麼說。而且我從沒見過被變成報喪妖精的血族，可能過去也沒人見過，所以我不知道這到底需要多久。還有，主動追隨無頭騎士的報喪妖精會圍繞在騎士的『私人領域』附近，比如城堡、墓穴或者馬車旁邊；而因為靈魂被收割而形成的報喪妖精，則會被束縛於騎士的武器周圍。」

「武器周圍？金普林爵士的劍？」約翰問。

「我想是的。伯頓的靈魂被釘在長劍上，現在還不具有實體，就算他化作報喪妖精也不能離開那把劍。」

過了一會，金普林爵士托著頭出現在大廳。他沒帶著那把劍。如果支系犬的敘述沒有誇張，此時伯頓的靈魂應該仍在劍刃上掙扎呻吟。

普通的禮節寒暄後，金普林爵士緩緩地說：「有時我在想，對伯頓而言這樣的懲罰未免太嚴厲、太殘忍了。」

「我也這麼想，」約翰說，「雖然他確實發狂了，但好在受害者被搶救後脫離了危險。實際上他並沒殺死誰……除了克麗絲托女士。」

騎士的頭艱澀地笑了笑：「伯頓看著克麗絲托躺在病床上那麼多年，然後，我也看著伯頓自我折磨了這麼多年。現在，這種局面還要持續很久很久……」

「伯頓先生怨恨您嗎？」克拉斯輕聲問。

「我不知道。也許現在的他沒有怨恨的能力。」

金普林爵士抹了一把臉，就像人類感到身心俱疲時雙手捂臉的動作，他是把頭抱在膝蓋上完成的，看起來非常怪異，但在這種氣氛下，沒有人覺得好笑。

騎士的聲音依舊低沉而柔和：「有時我會覺得，對伯頓來說，他現在承受的一切並不是因為他差點殺死無辜的人，而是為了當年他代替克麗絲托做了決定。他認為她需要解脫，所以殺了她……可是誰能保證那真的是克麗絲托的意志呢？」

金普林爵士說，自己上一次收割靈魂還是在幾百年前，那時他還沒找到頭顱，還沒尋回理智，也還沒遇到吸血鬼伯頓。

之前金普林爵士並不知道是伯頓親手殺死年老的女獵人。前不久，當克拉斯有所保留地向他簡述時，他震驚得很久沒有說話。現在他已經接受了這一切，並且填寫了在協會建檔備案的表格。他有支系犬幫忙維持與外界的聯繫，協會也願意在需要時提供援助，他將長久地守在莊園內，陪伴長劍上的靈魂，直到他們能再次握住彼此的手。

喝完紅茶，克拉斯和約翰準備離開，金普林爵士對他們微微鞠躬。

「歡迎你們隨時來坐坐。」騎士把頭抱在腰間，「今天我得先回房間陪伯頓了，他沒辦法自己換影片。」

「他沒辦法……什麼？」約翰幾乎以為自己聽錯了。

「沒辦法自己換影片。我網購了藍光播放機和一些經典劇集光碟……雖然用的都是他的錢。我希望這能讓他覺得舒服一點。」

在回去的路上，約翰仍然看起來心事重重。克拉斯問他在擔心什麼，約翰緩緩說：「我得承認，這份工作比我一開始想像得還要沉重。」

「至少現在的結局比我想像中的要美好很多。」克拉斯說。

「我總覺得，金普林爵士的痛苦不比伯頓少。他一直守在那裡，清醒地承受著各種事。」

克拉斯微笑著：「好在他們有近乎無限的時間，他們可以慢慢去處理、適應一切。也許某天你會看到伯頓變成報喪妖精，真好奇那會是什麼樣。」

「哈，是啊。到時候我們應該帶麗薩來看看，她肯定也很好奇……」

「應該只有你能看到。」車窗開著一條縫隙，克拉斯微捲的黑髮被風拂動著，「那時候，不管是麗薩還是卡蘿琳，還有我，應該都已經不在了吧？」

他的語氣平淡緩慢，只是在陳述一件毫無爭議的事實。

沒過多久，克拉斯又靠在座椅上睡著了，約翰又一次幫他繫好安全帶。看著克拉斯，約翰幾乎產生了一種錯覺，覺得自己和他認識了很久，並且即將面臨著失去這個朋友的風險。可是仔細想想，他們才剛認識不到三個月。

凌晨的郊外公路空曠安靜，黑色路面向遠方延伸，彷彿沒有終點。

恍惚間，約翰有點希望它真的能永無盡頭，而自己則和克拉斯一直是搭檔，在這條路上並肩走著。

Unthreatening Creature Protection Association

Chapter 6

惡魔的求救

無威脅群體庇護協會

黑暗生物或超自然物種常常找同族相依為命，隱居在人類社會中，享受現代生活的同時避免暴露身分。約翰就出自這種家庭，除了全家都是吸血鬼外，他們和普通人類家庭沒什麼區別。金普林爵士和伯頓也是這樣，他們和兩隻支系犬生活在一起，這種日子也許會持續到永遠。

約翰以為大多數黑暗生物都會像自己的父母或無頭騎士和伯頓一樣彼此依靠，但他錯了，總是有些傢伙不甘寂寞，喜歡沒事找事。

比如今天，約翰和克拉斯第四次來到法爾家，這裡住著一對「夫婦」，他們總是打電話說對方施行家暴。

第一次，搭檔二人看到了兩個身材姣好的美女，一個是棕色皮膚的薩摩亞女孩，一個是淺金色頭髮的高個子北歐女孩。她們的臉上和手臂上都帶著傷，各自坐在沙發兩端，誰都不理睬誰。

第二次，他們看到兩個壯漢正在草坪上互毆，場面如同古羅馬競技場。棕色皮膚的男人像凶猛的黑豹，淺金色頭髮的青年裸露著肌肉發達的手臂，長髮披肩，活像是維京海盜。

第三次，打電話的是金髮女孩。等克拉斯和約翰趕到時，兩個強壯的男人剛剛撞壞木門，順著臺階滾到這對搭檔的腳邊。

「他們是『迷誘怪』。」

第一次見過迷誘怪後，克拉斯對約翰解釋：「這種生物只有一種性別，而外表有可能是男性或女性。日常平靜狀態下，他們永遠是女性外貌，一旦他們過於激動或憤怒，就會變成極為強壯的男性體貌。」

約翰問克拉斯：「那他們是怎麼繁殖的？」

克拉斯說：「他們不能自行繁殖。迷誘怪歷來都是透過和人類婦女發生關係來繁衍後代，後代要不是普通人類，就是迷誘怪，無法出現混血。而法爾夫婦……」克拉斯看了看這對「夫婦」的資料，「他們兩個墜入愛河，決定放棄和人類生育後代的權利，結為伴侶一起生活。」

「等等！」約翰意識到了一個很糟糕的問題，「他們只能和人類女性生下後代？也就是說，在上床的時候，他們必然是男性外表？」

「是這樣的。因為他們在憤怒和『激動』時都會變成硬漢，自己無法控制。就算靠醫學手段什麼的，他們也不能孕育，因為他們不是真正的女性人類。迷誘怪只有一種性別。」

平時這對伴侶都是女性外表，鄰居也一直認為這個家庭裡住了兩個女人。大概所有鄰居都不會知道，這對締結了民事伴侶關係的「女性」戀人在白天各自上班、傍晚共進晚餐後，夜間會在臥室裡化為兩個身材高大、肌肉健碩的男人，繼續「交流」他們的愛情細節。

現在是克拉斯和約翰第四次及時出現，阻止他們互毆。

回到屋裡，兩個迷誘怪都還在氣頭上，他們厚實的胸肌隨著喘氣而微微起伏，彼此凶狠地瞪視著，汗水滑過額頭隆起的血管，粗壯的二頭肌隱隱顫動，蓄勢待發。約翰覺得自己不是來勸解家庭矛盾，而是來看美國娛樂摔角秀的。

關於勸解，約翰其實幫不上什麼忙。克拉斯走到壯漢們面前，溫和又體貼地引導他們平靜。在兩座山一般的迷誘怪面前，克拉斯穿著襯衫和西裝褲的背影顯得無比單薄，約翰總擔心那兩個人情緒失控時會傷到克拉斯，所以他一直靜靜防備著。

約翰是吸血鬼。雖然他比迷誘怪的男性形態矮了一截，但要論速度和力量，其實他能輕易戰勝他們。

他擔心的事並沒有發生。這些迷誘怪很尊敬克拉斯，而且已經漸漸平靜下來了。

棕色皮膚的人撫著胸肌，深呼吸幾次，變回棕色皮膚的性感女性，然後就這麼赤裸著上身，套著寬大的居家褲去泡咖啡了。

維京海盜青年傷心地捂著臉，粗壯的、帶著金色體毛的手臂一把摟住克拉斯，彎下腰把臉埋在他的頸窩裡抽泣。克拉斯回頭對約翰做了個「下次換你來」的口形，再轉過頭，「維京海盜」已經變回了金髮女孩，比克拉斯矮半個頭。

薩摩亞女孩叫莫寧．法爾，北歐女孩叫奈特．法爾。名字是他們隨便亂取的，一個是「早晨（Morning）」，一個是「夜晚（Night）」，他們作為迷誘怪的名字很難念，所以才有了這些人類名字。

「這次又是為什麼？」兩個「女孩」都平靜下來（並穿好上衣）後，克拉斯問：「又是床上位置問題嗎？還是奈特又不肯修剪草坪？」

約翰差點被自己的口水嗆到，他沒想到克拉斯說話這麼直接。

「不是，」棕色皮膚的莫寧說，「這次吵架的導火線是你，克拉斯先生……」

克拉斯驚訝地看著他們。奈特擦乾眼淚，補充說：「準確來說，其實和你沒關係，但和《地獄直梯》有關。」

《地獄直梯》是克拉斯最新的中篇小說，不久前發表在某恐怖奇幻刊物上，它講述一座辦公大樓內不同樓層、不同行業的五個人不小心乘坐了無止境下行的電梯，開門後外面是地獄般的殘酷世界最底層，到處充滿恐怖的生物。他們必須一層層尋找某件物品，才能回到電梯廂內讓電梯向上，直到回到人間。

這篇故事約翰也讀了，他還問過克拉斯是否真的見過地獄。當時克拉斯說：「我怎麼可能見過，我又不是康斯坦丁，只不過因為我很討厭電梯，所以特別擅長描寫和電梯有關的恐怖幻想。」

約翰知道克拉斯現在一定更討厭電梯了——前幾次去協會分部時，克拉斯一搭乘電梯就不停深呼吸。

「這篇小說怎麼了？」克拉斯問。

兩個迷誘怪對視了一下，奈特用略帶歉意的語氣說：「其實《地獄直梯》仍然不是吵架的原因，而是導火線。那一天我們在討論這篇故事，結果我和莫寧發生了爭執。」

「奈特認為，十樓的客服並不愛十七樓的銷售經理，真正打動他的是在地獄遇見的骨翼惡魔。」莫寧說。

「難道不是這樣的嗎？骨翼惡魔為了他們甚至屠殺自己的同胞！而銷售經理一直消極地對待一切……」

「可是客服和銷售經理互相發過誓，說一定要一起離開……」

克拉斯低著頭喝咖啡，尷尬地看了一眼約翰，約翰的嘴巴張得像吃了一整顆網球。

「兩位，我必須提醒你們，」克拉斯說，「銷售經理和客服確實互相發誓了，但他們發誓的內容是『我們兩個都不能放棄，我們要離開這個鬼地方，回到家裡，我要去看望我的祖母，你可以帶你的女兒來我家吃餡餅』。」

「我知道！就是這段！」莫寧激動地叫道，「『穿過絕望，他們深深望進對方眼裡，然後緊緊擁抱了一下，同時轉身，面對這條布滿利齒和舌頭的長廊』……天哪，我都要哭了，可是、可是奈特竟然說骨翼惡魔才是客服命中註定的那一位……」

約翰單手捂著眼睛，悶悶地說：「天哪，那段『牙齒長廊』都快嚇死我了，你們怎麼還能看得這麼開心？還關心他們的感情問題？」

這是他看故事時的真實感受。他說完，克拉斯用「真有那麼可怕嗎」的眼神看了看他，然後轉向兩個迷誘怪，艱難地說：「兩位，我還要提醒你們，不管你們怎麼理解那兩個人物之間的關係，最後他們其實都死了……」

「哈，沒關係。」奈特兩眼放光地說，「所以我說，最後客服的靈魂還會回到惡魔身邊！銷售經理會上天堂，因為客服有一些黑暗的過去，所以他會下地獄……」

「克拉斯先生根本沒有這麼寫！這是你擅自揣測的！」莫寧喊道。

「這不用他特意寫，這是常識！」

眼看他們可能又快要變成肌肉壯漢了，克拉斯趕緊插話阻止：「不要當著作者的面吵架行不行？你們可以對我的人物做任何事，我不介意……可是你們為什麼要為了一篇虛構小說而動手毆打對方？」

「不，不是為了小說。」莫寧趕緊說，「剛才奈特說了，小說並不是直接原因，而是導火線。那次爭吵後，我們冷戰了一會，最後決定放下分歧，先去『磷粉』玩一玩，驅散彼此間的不愉快。克拉斯先生，你們知道『磷粉』嗎？是一家午夜俱樂部，有很多我們的族人。」

「嗯，我聽說過那家店。」克拉斯知道，那間俱樂部的老闆是個迷誘怪，有個人類妻子，他們的常客中有很多迷誘怪，以及各類超自然物種。「磷粉」只接待情侶，雖然不限定性別。

「在店裡，我們發生了一點誤會。」奈特皺眉，「在『磷粉』裡，我們看到了一個骨翼惡魔。我沒想到真的能看到骨翼惡魔，要知道，在小說裡我就很喜歡那個角色……當然，我知道店裡這位不等於小說裡的。我一時好奇就去和他搭話，我們多聊了幾句，結果莫寧竟然吃醋了……」

「你都坐到他腿上了！你還和酒保玩曖昧遊戲！」莫寧憤怒地喊了起來。

「我好幾次想和你解釋，你都不肯好好聽！」奈特對他吼回去，「今天當著克拉斯先生和他搭檔的面，就讓我把話說完不行嗎？」

聽到這裡，克拉斯和約翰默默對視了一下。他們都知道，人間種惡魔不稀奇，但在城市裡出現深淵種惡魔通常不是什麼好事，而骨翼惡魔則必然是深淵種。

奈特竟然能和他「搭話」，而且還「坐到他的腿上」，這怎麼聽都不正常。

奈特繼續說：「一開始，我只是禮節性地和惡魔說了幾句話，我留意到，他身邊站著一個穿著酒保服裝的青年，臉色很差。後來我去廁所補妝，那個酒保竟然跟了進來。他說他也是惡魔，但他是人間種，他想要我幫他一個忙。他說，那個骨翼惡魔限制了他的自由，他身上有他留下的烙印，無法逃脫追蹤。他希望我幫他暫時吸引骨翼惡魔的注意力，讓他有機會偷偷解除烙印逃走。他說得很認真，我就決定幫他一下，反正對他們來說我只是個陌生人……」

克拉斯對他輕輕搖頭：「天哪，如果骨翼惡魔不是冒牌貨，你真不該這麼做的。真正的骨翼惡魔都是領主級別，惹怒他們一點都不好玩。」

「你寫的骨翼惡魔還挺有魅力啊……」奈特碎念著。

「那是虛構的小說！」

聽到這些，原本以為戀人出軌的莫寧終於明白真相。他帶著歉意湊到奈特身邊，兩個人又開始親密地輕聲細語了。

「那……人間種惡魔給你的電話號碼又是怎麼回事？」莫寧小心地問。

奈特起身，從放鑰匙的小盤子裡拿出一張便條紙。

「在我們準備離開『磷粉』前，我又看到了那個酒保。在他身後幾步遠就是骨翼惡魔，也許他失敗了……借著酒吧裡的擁擠和音樂聲，人間種惡魔把這張便條紙塞給我，我也不知道是不是他的電話。」

克拉斯接過來看了看，把它遞給約翰：「你看，號碼眼熟嗎？」

「這是你的手機號碼！」約翰一眼就認出來了。

協會網站上並沒有克拉斯的電話號碼。幾年前，協會的網站和留言系統還不成熟時，克拉斯曾經把號碼留給一些黑暗生物，讓它們在需要時聯繫他。當時，他留下的是「表面身分」的電話號碼，也就是「作家德維爾．克拉斯」的。

克拉斯想，要不是那個人間種惡魔認識自己，就是他有熟人認識自己。暫時平息了迷誘怪之間的紛爭後，克拉斯和約翰乘車離開。

「我打個電話給麗薩吧，希望她們兩個會願意來。」

約翰不明白：「為什麼要打電話給麗薩？」

「因為麗薩比卡蘿琳更能聽懂別人說話。」

「不，我是說，為什麼要找她們？」

克拉斯聳聳肩：「因為我不想找史密斯。我們已經分開了，不想搞得那麼曖昧。」

「我還是不懂啊？」約翰完全不知道克拉斯在計畫什麼。

「我們可能要去『磷粉』看一看。」克拉斯說。

約翰點頭，這一點他也認可：「哦，我明白了，『磷粉』裡面有很多危險的生物，所以帶著驅魔師和獵人比較安全……」

克拉斯無奈地笑了起來：「『磷粉』是合法經營的酒吧，沒出過什麼事。我的意思是，我們最需要的不是獵人，而是願意幫忙的女孩。」

約翰還是一臉似懂非懂。克拉斯說：「他們只接待情侶，進門時要擁吻證明。以前在任務中卡蘿琳和我冒充過情侶，只是嘴巴碰一下做做樣子，對我們來說沒什麼問題。不然……進門時我們兩個就得先接吻了。」

「磷粉」晚上十點後才會開門，到午夜前後最為熱鬧。第二天夜裡，克拉斯和約翰正在前往「磷粉」的路上，麗薩卻打電話說卡蘿琳沒辦法幫忙了。

「我剛知道，卡蘿琳被『磷粉』列入黑名單了。」麗薩的聲音聽起來很無奈，「她以前造成過極大的破壞，據說老闆的妻子哭了一整天……現在『磷粉』禁止卡蘿琳靠近，更別提進去了。」

「那妳呢？」克拉斯問。

「我正在路上，我可以跟你進去，你的搭檔……他是血族，他總有辦法進去的。」

剛才約翰心裡一抖，得知「不用和克拉斯接吻」時，他有點分辨不出自己是在慶幸還是失落。

「為什麼那間俱樂部只接待情侶呢？」他問。

「防止懷孕。」克拉斯直白地說，「有許多黑暗生物和超自然物種光顧『磷粉』，也有人類會去找樂子，老闆不希望在這裡促成太多豔遇，製造出詭異的混血什麼的。只接待情侶，可以在一定程度上擋住把它當獵豔場所的人。」

「可是，即使進門前接吻也不能保證安全，也許有不少人是偽裝的。」

「是的，這就像君子協定。」

在「磷粉」門外不遠處，克拉斯和約翰等來了麗薩。麗薩今天沒有穿那身職業套裝，而是穿著黑色皮夾克和緊身洋裝，沒戴眼鏡，頭髮也披散下來，簡直像徹底換了一個人。

「等進去後和我們匯合。」克拉斯對約翰說完，攬著麗薩的肩走向俱樂部門口。

約翰繞到沒人的地方，跳上牆與臨街店面的房頂，觀察「磷粉」的結構。最終他找到了洗手間的氣窗，化作一團霧氣飄了進去。

他還以為這種地方也許會有魔法防護什麼的，誰知它就是一間普通的洗手間，恐怕稍微有點本事的黑暗生物都能想辦法進來。看來，只接待情侶什麼的真的只是君子協定。

他先確認這裡是男士洗手間，再飄進格間裡恢復形體，整理了一下衣服。突然他有點好奇克拉斯和麗薩……他們當然不是情侶，約翰主要是好奇克拉斯在接吻時會是什麼模樣。

嚴格來說，上次約翰吻過克拉斯一次，是在輔助施法的時候。那個法術需要血族的血液和一個吻，血代表力量，吻代表准許。

約翰當時手忙腳亂，他知道肯定不能親吻嘴唇，而吻臉頰又顯得太幼稚，他本來想親一下額頭，因為太緊張，親到的是克拉斯的眉心。

現在想起來，似乎親額頭或眉心所代表的意思也不太一樣，約翰不確定克拉斯是怎麼想的，會不會認為他是故意的……

約翰把注意力拉回當下，努力驅趕腦中的想像，走出洗手間。

喧鬧熱烈的音樂和嘈雜的交談聲湧來，約翰揉了揉眉頭，血族的聽覺讓他比人類更能感受噪音。

小舞臺上有兩個女孩在貼身跳舞，她們裸露的手臂與大腿上隱隱閃現著鱗片般的東西，也不知道是真是假。吧檯邊，中年獵人正在滔滔不絕地說自己過去有多厲害，幹掉過多少可怕的東西，詭異的是，微笑著聽他自吹自擂的人是個魔女，她對這點毫不掩飾，額頭和手上都紋著增強血液魔力的符文。

吧檯裡的酒保是個斯文的年輕人，棕色頭髮梳成頗復古的偏分樣式，他正在為一位女士斟酒。在女士說「謝謝」時，他的目光卻望著別的方向。

沙發雅座那邊很暗，人類應該看不清那裡的情況，但約翰能看到，也許這位酒保也能看到。

酒保看著的是一個紅髮男人。那人同時也在看向吧檯，手裡輕輕轉著酒杯，不時故意瞇起眼睛，舔一下嘴唇。

約翰覺得那個人坐姿有點奇怪，他看起來像是放鬆地靠在沙發上，但背部卻和軟墊保持著距離，像是靠著看不見的東西。

「別一直盯著他。」吧檯邊的女士低聲對約翰說。

約翰這才發現，她的眼睛是一紅一金雙色，如果不是彩色隱形眼鏡，那麼顯然她也不是人類。

她示意約翰轉過身來，輕聲說：「那是個惡魔，骨翼惡魔，你知道嗎？」

「那就是骨翼惡魔？」約翰本來想問「那麼他的骨翼在哪裡」，轉念一想，問出來也太蠢了，顯然雙骨翼被幻術隱藏，此刻就收在惡魔背後。

女士點點頭：「他的世俗名字是『西多夫』，真正的名字我們念不出來，也不該去念。你這樣盯著他很不禮貌，如果你認識他，就去打個招呼，要是不認識就別太好奇了。」

這時她的男朋友靠了過來，摟著她做出交談的姿勢，其實是在對酒保說話：「蜜雪兒，西多夫每天都來嗎？」

叫蜜雪兒的酒保用眨眼代替點頭，默默替男士倒酒。女士對伴侶說：「他每次都帶著某個女伴來，老闆明知道有問題也不能拒絕。而且老闆怎麼敢拒絕深淵惡魔呢？」

約翰很好奇眼前這對情侶的種族，但又不敢直接問，怕顯得太沒禮貌。他很希望克拉斯現在就在旁邊，克拉斯一定會悄悄告訴他這兩個人是什麼生物。

他轉過身面對吧檯，點了一杯黑啤酒。酒對他來說和水沒什麼區別，他是不會喝醉的。

「你是向奈特求助的那個人嗎？」約翰問酒保。問出口後他覺得自己有點蠢，酒保不一定知道迷誘怪的名字。

酒保沒有答話。約翰發現，他的眼睛裡閃過一絲驚慌……也許還有一點希望。酒保借著擦拭吧檯的姿勢，動作微小地點了點頭。

「我來自無威脅群體庇護協會。」約翰稍稍掀開夾克，展示了一下夾在內側的證件。其實協會的工作人員很少出示證件，反正他們的證件也沒什麼說服力。酒保看了他一眼，又去幫旁邊的情侶倒酒，沒有做出任何回答。正當約翰覺得奇怪時，靈敏的聽覺讓他察覺到雅座沙發那邊的聲音。

「克拉斯先生！天哪！克拉斯先生啊！」紅髮骨翼惡魔興奮地高聲喊著。

約翰微微側身，看到克拉斯和麗薩已經站在惡魔西多夫面前。惡魔放下酒杯，滿臉驚訝地站起來，撲過去一把摟住克拉斯，左右貼著臉頰，然後用同樣的姿勢抱住麗薩。

「西多夫，你怎麼會在這裡？」克拉斯問。

「找樂子嘛！」惡魔的表情很激動，看起來並不是裝的，「我在這裡不奇怪，你會來『磷粉』才奇怪呢！這位是黑月家的殿下？你們……在一起了嗎？」

惡魔將麗薩稱為「殿下」，只是一種尊稱習慣。麗薩笑著搖搖頭：「怎麼可能，我們是來調查事情的。」

約翰有點吃驚，她怎麼那麼直接？難道要對惡魔直接說出目的嗎？很快，麗薩的發言改變了約翰的看法，她更加靠近惡魔西多夫，耳語了幾句。

由於干擾太多，約翰沒能聽到整句話，他只隱約聽見了「深淵種魅魔」和「中間人在這裡」之類的。麗薩巧妙地把上次兩隻魅魔的事情當成正在調查的案子說出來，真假參半。

「竟然是這樣？有什麼我能幫忙的嗎？」西多夫驚訝地說，並招呼麗薩和克拉斯坐下，讓他們細細說給他聽。

「克拉斯先生，你要不要喝點什麼？我請你們！」

惡魔似乎真的非常高興，整張臉的表情都生動了起來，和剛才邪氣陰森的樣子判若兩人。

約翰不知道為什麼西多夫認識克拉斯，甚至他們關係還不錯。以前，約翰一直覺得「惡魔」是邪惡恐怖的代名詞，他沒想到深淵種惡魔會對克拉斯這麼熱情。但仔細想想，在人類的文化中，「吸血鬼」也是邪惡恐怖的代名詞。約翰突然意識到，自己也同樣很喜歡克拉斯，似乎很多黑暗生物都很喜歡他。

有個女服務生走過來，對酒保蜜雪兒說了幾句話，只是工作上的事。蜜雪兒一臉平靜地點頭，走出吧檯替某位客人講解「火焰琥珀」，另一位酒保留在吧檯裡擦拭冰筒，一切井井有條。

講解完畢，蜜雪兒沒有立刻回到吧檯，而是走向安全出口。他的個子並不算高大，被人群遮擋著很不顯眼。

約翰站起來跟了過去，發現蜜雪兒走進安全門幾秒後又走出來，和值班經理模樣的人說了幾句話，抱著一個箱子往另一個方向走去。看起來是工作上的事，沒什麼不尋常。但約翰還是繼續跟了過去。

蜜雪兒短暫地消失了一小會，很快又在約翰的視野中出現，箱子不知道被放在哪裡了。約翰跟著他走進消防通道，蜜雪兒從轉角處突然回過頭。

約翰知道自己被發現了，但「協會工作人員」的身分給予了他理直氣壯的底氣。蜜雪兒回頭看著他，不僅沒有質問，反而露出一臉解脫的表情。

「太好了，請您快過來！」說著，蜜雪兒開始解褲子上的皮帶。

「你要幹嘛？」約翰一步都沒靠近，甚至還後退了幾步。

蜜雪兒褪下長褲甚至內褲，在約翰震驚的表情中轉過身。

他後腰正中心有個深紅色的圓形符文，四周圍繞著某種古文字，文字從圖案下方開始向下延伸，形狀如一條細長的尾巴，沒入臀縫，又從雙腿間伸出，盤繞過左側大腿，繞回膝窩，一直伸向小腿。

約翰猜那個圖案也許會一直蔓延到腳上。他呆呆地站在那裡，不明白蜜雪兒要幹什麼。

「你是驅魔師嗎？請幫我解除它？」蜜雪兒表情十分急切。

「我不是驅魔師……」約翰尷尬地說，「呃，雖然我真的是協會的工作人員，但我不太懂這些。這是什麼東西？」

「你不會？」蜜雪兒焦躁地看著他，「這是深淵語種製造的控制印記，你用純銀的東西幫我畫一個自由符印，最基本的那種，那樣就能解除了！或者你直接用銀粉水筆或銀彈頭都可以，你做一個隔絕偵測的結界，然後用它們燒融這個符印，燒完直接把我裝在『檻車』裡帶走，我不怕痛，快點！」

約翰很想對他咆哮：對不起！我完全聽不懂你到底在說什麼啊！而且你能不能把褲子穿上！

他乾巴巴地說：「我不行。呃，蜜雪兒先生，你看不出來嗎？我是個血族……」

蜜雪兒捂住眼睛，約翰的發言似乎帶給他極大的痛苦。約翰很想安慰他，告訴他自己有同伴懂這些。但上面發生的對話實在太莫名其妙了，約翰連他們到底在談什麼都不太清楚。

在蜜雪兒心灰意冷地正想穿上褲子時，突然，他愣了一下，像是想到什麼一般，目光凌厲地看向約翰。

約翰完全沒有反應過來現在的情況——蜜雪兒突然凶狠地撲向他，一拳打在他的肚子上。約翰稍稍避開了一點，但還是被撞了一下，他滿腦子都是問號，蜜雪兒卻並不打算跟他解釋。

現在約翰很確定蜜雪兒的種族：人間種的惡魔，比很多黑暗生物厲害，但又並不算特別強大。蜜雪兒毫不停歇地撲上來，想要扼住約翰的脖子，卻被約翰抓住手腕翻倒在地。

約翰很輕易地壓制住蜜雪兒，把他面部朝下按在地上，反扭住他的手。這段莫名其妙的打鬥只持續了幾秒鐘，突然，消防通道的門被推開了。

「我親愛的蜜雪兒，」略微耳熟的黏膩聲音傳來，「如果你真的特別寂寞，我隨時歡迎你提早下班跟我回家……請問你為什麼要在這裡和吸血鬼調情？」

骨翼惡魔西多夫站在那裡，紅髮之間流動的力量幾乎快要肉眼可見。他的語氣和神態又恢復了「深淵種惡魔」該有的樣子，不再有和克拉斯談話時的明快熱情。

約翰猛然發現，現在自己和蜜雪兒的姿勢十分不堪入目。最恐怖的是，蜜雪兒的褲子還沒穿好，正好褪到膝窩。

不知身在何處的哪位神靈啊！約翰頭腦混亂地無聲吶喊著，誰能跟我解釋一下前因後果？

他的擔憂並沒有持續多久。當骨翼惡魔緩緩靠近時，消防通道的門再次被撞開，麗薩和克拉斯跑了過來。看到克拉斯，約翰的表情就像沙漠迷途的人看見綠洲一樣。他想解釋現在的情況，身下的蜜雪兒卻帶著哭腔、聲音顫抖地說：「西多夫，這是個吸血鬼！我打不過他！我……」

西多夫瞇起眼睛看著約翰。蜜雪兒還在說：「呃……好疼，幫幫我！」

約翰目瞪口呆地看著棕髮酒保的後腦勺。他手上用的力氣確實很大，幾乎在青年的小臂上留下紫黑色的瘀青，但……這難道不是蜜雪兒自找的嗎?!

在西多夫還沒有任何行動前，克拉斯第一個衝了過來，幾步跑到約翰身邊，一把揪住他的領子。

「你在搞什麼啊？」克拉斯的語氣很嚴厲，同時偷偷對約翰使眼色，「我們是來查魅魔的案子！不是來找人間種惡魔！」約翰知道克拉斯是故意這麼說的，雖然他仍舊不明白原因。他滿臉委屈地看著克拉斯，放開蜜雪兒站到旁邊。

「不要濫用力量，」克拉斯繼續裝模作樣地教訓他，「更重要的是，你是協會的工作人員，不是強暴犯！」

「我並沒有……」

「那你是在幹什麼？這又不是魅魔！」

地上的蜜雪兒緩緩站起來，瑟瑟發抖地穿好褲子，貼著牆靠到西多夫身邊。看起來他像是在努力遠離約翰，但又不敢直接貼近西多夫，那種不知所措的神情還挺令人心疼的。

西多夫皺眉看了看蜜雪兒，轉過臉換上溫和的神情問麗薩：「黑月家的殿下，這個吸血鬼……也是你們的人？」

這一刻，麗薩的演技簡直令約翰終身難忘——她完美地做出了一副「故作堅定、強忍淚水、心如刀絞、極力隱藏」的模樣，輕輕回答：「是的，是我們的同事。」

然後她深吸一口氣，兩眼迷離地看著約翰，腳步幾乎有些虛浮。她咬著嘴唇後退了幾步，轉身推開門跑了出去，並留下一句：「我們……就只是同事而已。他是個騙子。」

約翰被深深震撼了。麗薩的一系列小動作和微表情蘊含了巨大的訊息，任誰看到這一幕都會想像出一整齣愛恨糾葛的肥皂劇。

克拉斯猛地一拍他的背：「混帳！去追她啊！」

「啊？」

「不願意就算了。」克拉斯做出心力交瘁的模樣，「反正你們本來就不該……」

約翰知道克拉斯希望他出去，於是他照辦了。他滿臉尷尬，差點同手同腳，在路過兩個惡魔身邊時，那種渾身彆扭的模樣渾然天成，根本不用刻意表演。

約翰跑出去後，克拉斯茫然地看著地面，深深嘆氣。

骨翼惡魔西多夫有點驚訝，在蜜雪兒面前，他掩飾住了。「親愛的，回去工作吧，我會等你。」西多夫對蜜雪兒說。他聲音溫和，但帶著一種欲情的氣息。蜜雪兒點點頭，戰戰兢兢地開門走出去。

克拉斯暗暗注意到，西多夫的手指色情地拂過蜜雪兒的腰部。

「那個吸血鬼怎麼回事？」西多夫問。

「說來話長，」克拉斯歉意地笑了笑，「西多夫，今天看到的事請不要和別人說，好嗎？特別是關於麗薩。她有點失態了，而這其中的複雜……」

西多夫執起克拉斯的一隻手，拉到唇邊吻了吻。這不是克拉斯第一次被深淵種親吻手背，在某些惡魔之間，吻手禮表達的是「尊敬」和「我將服從您」的意思，此行為並不限定性別。

「我保證會保守祕密，克拉斯先生。」他鄭重地說，「你確定沒什麼需要我幫忙了？」

克拉斯再次向他尋求確認：「不是什麼大事，我們會處理。不過，西多夫，雖然我相信你，但那個『磷粉』的吧檯酒保也是惡魔，他會不會把這些說出去？」

「你是說蜜雪兒？」西多夫促狹一笑，「放心吧，他在我的掌控之中。」

「他是你的手下？請轉告他，我很抱歉。還有，請告訴他一定不要和別人說今天的事，哪怕是惡魔也不行。」

「我保證這不會發生。」西多夫再次允諾，「克拉斯先生，當初是你救了我，給我自由，我絕對會維護你的利益。」

兀鷲先生把車子停在兩條街外，避免被人注意到。克拉斯回到車上時，約翰正在向麗薩描述惡魔酒保臀部和腿上的圖案。

「克拉斯，你沒事吧？」約翰問。

「我沒事，西多夫認識我。」克拉斯說，「真沒想到迷誘怪說的『骨翼惡魔』就是他，我還以為他早就回深淵了。也對，一個城市能有幾個骨翼惡魔呢？這些傢伙在深淵就是出了名的排斥同類。」

「他似乎也認識麗薩？」

「約翰，記得上次給你看的資料嗎？我以前救過一個深淵種惡魔，惡魔說他是被召喚來的，還被『奧術祕盟』的人囚禁起來做實驗，那就是西多夫。當時他挺慘的，大概後來力量漸漸恢復了吧。」

「迷誘怪說的骨翼惡魔和人間種惡魔，就是西多夫和蜜雪兒？」

「我想是的。」

剛才，當蜜雪兒聽到約翰說自己來自協會時，他心生希望，故意引導約翰跟過去。雅座沙發上，克拉斯和麗薩一直在說追捕魅魔的事，西多夫遲了幾秒才發現蜜雪兒離開吧檯。他站起來要去找人，克拉斯和麗薩並不知道他要找誰，只知道自己必須跟過去。

西多夫一言不發地匆匆穿過人群，走向消防通道，推開門，他看到蜜雪兒正被一個陌生男人壓在地板上，褲子還脫了一半。那瞬間，跟在後面的克拉斯已經隱約看到了酒保蜜雪兒腿上的符文，雖然看不清全部。他知道這背後一定有問題，於是他臨場發揮，和麗薩配合演了一齣「協會驅魔師內部的艱澀戀愛」戲碼。

克拉斯看得出酒保蜜雪兒在畏懼西多夫，同時他也知道約翰的行為和那些深紅色符文有關。於是他故意反覆請求西多夫保守祕密，因為，當人們覺得自己發現了別人可恥的祕密時，往往會自認為是局面掌控者，而暫時忘記自己身上的漏洞。

「你們幹嘛要那樣？」約翰問，「我差點沒反應過來。還有，麗薩真該去演電影！」

「謝謝誇獎。」麗薩重新戴上無框眼鏡。

克拉斯說：「約翰，很抱歉說你是強暴犯。我猜，是蜜雪兒想向協會求助，甚至求救，他可能被骨翼惡魔西多夫挾持了。我們不想打草驚蛇，而且也還沒有證據，萬一西多夫發現我們的目的，他可能會帶著蜜雪兒離開這座城市，甚至回到深淵，那麼我們就更沒機會幫助蜜雪兒了。」

約翰回想起來，也許蜜雪兒是發現了西多夫靠近，才會突然發起襲擊，並故意被自己壓制住，製造一個莫名其妙的現場。

「西多夫不會為難蜜雪兒吧？」約翰問。蜜雪兒似乎很怕骨翼惡魔。

「這我就不清楚了。」克拉斯說，「至少，讓西多夫覺得蜜雪兒被你襲擊，總比讓他覺得蜜雪兒向你求救要好。而且你是血族，不可能幫蜜雪兒解除身上的符印，這點反而幫了我們。如果你是人類驅魔師，西多夫一定會起疑心。」

麗薩拿起手裡的筆記本，之前她一直在上面塗塗畫畫：「約翰，你在蜜雪兒身上看到的東西像這個嗎？」

圓形圖案，盤繞的符文，深入雙腿間再圍著腿直到腳踝，繞成一個腳銬形狀。因為筆記本太小，麗薩沒有把每個字元都寫出來，只是畫出了大致的模樣。

雖然沒看到腳踝的部分，約翰還是一眼就認出這就是他看到的東西：「沒錯，我想就是這個。」

麗薩和克拉斯對視了一眼，他們似乎已經知道這是什麼了。接著麗薩又問：「你看到的是從紅色漸變為黑色，還是相反？」麗薩剛才也隱約看到了圖紋，但畢竟由於部位問題，她看得不太仔細。

「上面有點黑，但基本還是紅色的。」

「哦……那它剛被印上去不足九天。」克拉斯用手指點著嘴唇思考，「這麼說，在迷誘怪遇到蜜雪兒時，蜜雪兒身上還沒有這個東西。迷誘怪說的是『烙印』，還說蜜雪兒想找機會去掉烙印，那麼，當時的蜜雪兒也被某種東西束縛著，他曾經有機會靠自己把它去除掉。接著，那次求助行為顯然被西多夫發現了，所以西多夫對他用了更強、更殘酷的縛咒。」

「這個縛咒到底是什麼？」約翰問。

克拉斯和麗薩又對視了一下。

麗薩托了托眼鏡說：「那叫『鞭笞者之髓』，至於效果……我不太想解釋。」

「那我來解釋吧。」克拉斯嘆口氣，「它是深淵種的魔法，只對惡魔有用。如果用在人類身上，人類會立刻被燒死。它是用魅魔的脊髓進行施法，最顯著、最直接的效果是……呃，就相當於貞操鎖、隨身催情藥、衛星定位晶片和那什麼按摩器的四者結合。」

約翰像下顎脫臼一樣緩緩轉過頭。

「女士都沒這麼吃驚，你別這樣看著我。」克拉斯有點不好意思地移開目光。

「你、你、你是說，」約翰結巴著問，「那個蜜雪兒，他、他被時時刻刻，就是那個……那個什麼？」

「不是『時時刻刻』！約翰，你的聯想怎麼比法術本身還邪惡？『鞭笞者之髓』有很多效果，我說的只是四個最常見的，要開啟哪種、暫時關閉哪種，取決於施術者的決定。」

「實在是太糟糕了……」

「誰說不是呢。」克拉斯說，「西多夫畢竟是惡魔，他幹出什麼我都不覺得意外。蜜雪兒一定是從西多夫那裡看到了我的電話號碼，號碼是當年我救助西多夫時留下的。」

「接下來我們該怎麼辦？」

「既然蜜雪兒向你求助了，我們準備把他帶回協會問話。」克拉斯表情愉快地撥通一個號碼，「我去找兩個獵人做做樣子，麗薩，妳來聯繫卡蘿琳。」

「這是要幹嘛？」約翰問。

「把蜜雪兒抓走，反正他都說過不怕疼了。」

抓捕蜜雪兒並不難。蜜雪兒只是人間種惡魔——一開始就出生在地球某地區的惡魔，他們從未侵染過深淵氣息，力量不強。

獵人身穿黑色緊身衣，似乎是在模仿某部漫畫裡的特務黑寡婦，只可惜她的髮色不對。

她最愛幹的事就是逮捕黑暗生物，西灣市的黑暗生物都很怕她。

凌晨，當她的身影出現在「磷粉」俱樂部門口時，一屋子跳舞喝酒的男男女女都感覺到了恐怖的殺氣；當她拖著長刀、背著銀彈獵槍踹開警衛闖進去時，一群強壯的保全人員和侍者圍了上來，把她圍在中間，紛紛痛哭流涕地求她放過俱樂部。

「你們真誇張，我都害羞了。」卡蘿琳笑得非常燦爛甜美，「我哪有這麼可怕？我又沒揍過你們，只是拆了一次房子而已。面對這麼多強壯的男士，我也很緊張啊。甜心們，別這麼熱情地看著我。快點，把你們這裡叫蜜雪兒的酒保叫出來。」

「他已經下班了，剛離開沒多久！」領班急忙說道。

「好的，他往哪裡去了？」

距離天亮已經不遠了，有不少酒吧、俱樂部的員工都開始陸續下班。蜜雪兒走在沒有路燈的小巷裡，低著頭的背影就像一個普通人類。

突然，一聲鞭子的響聲憑空出現，蜜雪兒膝蓋發抖，扶著遍布塗鴉的牆壁勉強站穩。巷子外的馬路邊停著一輛黑色保時捷九一一，駕駛座上的紅髮男人對他飛吻，並用口形催促他：快一點，我們該回家了。

「可惡……」蜜雪兒咬著牙，感覺到後腰和臀部火辣辣地疼痛。這是縛咒的效果之一，可以用看不見的鞭子隨時責打受術者。

就在他絕望地一步步走過去時，突然有幾個獵人從四周包抄過來。卡蘿琳跳到他面前，粗暴地一腳把他踹回巷子深處，銀色法陣在他身後亮起。

換回黑色職業套裝的麗薩一揚手，「檻車」像銀針組成的雨一樣落下來，塌縮成小小的水晶球，將蜜雪兒封入其中。

蜜雪兒驚叫著，骨翼惡魔西多夫已經跳出車子。憑他的速度本可以立刻追上獵人們，偏偏約翰從巷子裡衝了出來，攔在他面前。

「閃開，看在克拉斯的面子上，我不想弄死你。」西多夫惡狠狠地說。

約翰毫不退讓：「同樣看在克拉斯的面子上，我不想連你也一起逮捕，閃開。」

說完這句話，他在心裡暗暗幫自己叫好：我剛才說得挺帥氣啊！

在西多夫遲疑的片刻，來自三個不同方向的銀色射線貫穿了他。以他的身體為中心，閃耀紅光的法陣一層層疊加展開，幾乎占滿整條街道。

約翰不必避開。這是驅逐深淵居民的法術，會把他們逐回家鄉，對原本就生活在這個世界的生物沒有效果。

西多夫背後的骨翼現形了，它就像鳥類翅膀的骨架，通體黑色，原本該有肌肉或羽毛的地方流動著微小的光芒。他被三道射線交叉固定著，還沒來得及掙脫，驅逐法陣就已經開始運作。

這至少需要三個施法者。西多夫眼含憤怒，試圖尋找黑夜街道中藏著驅魔師的角落。他的紅髮在腳下裂縫吹出的風中飄揚，腳下的紅光上升圍攏，他和他的保時捷一起消失在原地。

「為什麼車子也不見了?!」約翰驚訝地四下觀望。

克拉斯和另外兩個驅魔師從街角走出來：「他大概用什麼法術把自己和愛車綁定了，為了防盜吧。」

「你們說骨翼惡魔都是領主級別，他這麼簡單就消失了？」約翰問。

「不是消失，是驅逐出境。」克拉斯和約翰一起離開，「要傷害他確實很不易，只是驅逐他反而比較好處理。深淵種本來就不該出現在這個世界上，他們只是有自己的門道而已。就像人類不適宜生活在深淵一樣，在陌生的土地上，弱點總是會多一些。」

「不過，他可以再回來吧？」

「是可以的。這需要耗費大量的精力甚至財力，如果他非要回來，起碼也要耗費幾十年甚至幾百年。」

協會辦公區有一間隔離室，牆壁內外有特殊塗層，材料是特殊魔法材料和銀粉熬製而成的。牆壁內部還嵌了數個鐵藝符文，用來加固防護。

隔離室裡，蜜雪兒被放了出來。他一頭栽倒在地上，縮成一團，在看清周圍環境後，露出了安心的表情。

「西多夫被我們送回深淵了。你要不要和我們說一說，到底發生了什麼事？」克拉斯坐在他面前，約翰則扶他坐到床上。

「太好了……謝謝你們！」蜜雪兒的肩膀顫抖著，「能不能把我身上的縛咒去掉？求求你們了……」

「麗薩去準備材料了，稍等一會。」克拉斯從床頭櫃上的盒子裡拿出一顆糖，「這個給你，能讓你好受一點。」

蜜雪兒接過來，急切地剝開包裝把糖扔進嘴裡。

旁邊的約翰覺得不對勁，那東西的味道很刺鼻，根本不是糖果。

「你給他吃了什麼？」約翰問克拉斯。

「樟腦球。」

「樟腦球?!他吃樟腦球?」約翰看向蜜雪兒,蜜雪兒的表情就像人類聞到玫瑰精油一樣。

克拉斯說:「惡魔普遍喜歡樟腦球,你不知道嗎?協會圖書室就有相關書籍,你休息時多看看。對他們來說,樟腦的味道有鎮靜止痛的效果,而且不會上癮。」

蜜雪兒平靜下來後,靠在床頭的枕頭上,疲憊地說起自己的事情。

他是出生在城市的人間種惡魔。所謂「人間種」並不是指人類所生,而是指惡魔與惡魔在人間懷孕生出的孩子。這種孩子本質仍屬於其父母的種族,但力量比生養在深淵的同胞要弱小很多。

蜜雪兒和母親生活在一起。他從小就知道自己不是人類,並且熟練掌握了以人類身分生存的技巧。可是,在他還不到五十歲——也就是外表年齡還遠遠沒有成年時,他的母親厭棄了人間擁擠的街道、高昂的消費以及新頒布的限制成癮藥物的規定,並且拒絕繼續為蜜雪兒不停轉學製造假身分。她獨自回到深淵,再也沒有出現。

深淵種惡魔可以透過法陣回到故鄉,要重新來到人間卻很難,一旦自願離開,很少有惡魔會再回來。

像蜜雪兒這樣的人間種就更可悲了。按道理說,他們也可以回到深淵,但因為他們太過弱小,即使回去也會被歧視欺凌,甚至死於非命。所以,人間種通常更喜歡一直留在人類社會。

兩年多前，蜜雪兒殺了幾個人類。也許他沒做錯什麼，只是方法欠妥。他不小心撞見一個挾持人質的現場。警方派出談判專家和匪徒談條件，人質被毆打過，傷痕累累，不停哭泣。

蜜雪兒偷偷殺掉了屋子內部的匪徒，然後隔著門扉，用惡魔的小手段殺死了正在談條件的最後一個。

他說自己並不後悔，雖然嚴格說起來，這些人未經判決，他無權主持死刑。

令人頭疼的是，他的行為驚動了一些獵人，那些人憑經驗就知道匪徒的死另有蹊蹺。畢竟蜜雪兒殺死最後一個匪徒時，有那麼多眼睛甚至攝影機在看著。

辛苦地掩飾行蹤時，他遇到了西多夫。西多夫是深淵的骨翼惡魔，蜜雪兒從沒遇到過領主級別的惡魔。

當時西多夫的情況也不怎麼好，似乎傷勢未癒（聽到這裡，克拉斯知道這是因為西多夫曾被關起來做實驗）。很快，他們兩個就熟悉起來，住在一起，還上了床。據說這些發生在不到一週之內，以人類的壽命進度來說都嫌太快了。

又沒過多久，蜜雪兒想離開西多夫了。他無法承受骨翼惡魔的殘忍天性，更不願意殺人。

「西多夫在這個城市殺人了？」聽到這裡，克拉斯問道。

蜜雪兒點點頭：「他很狡猾，就像那種狡猾的人類罪犯一樣。他能把事情安排得像是意外，或是對居無定所、無親無故的人下手。我之所以想求救，一方面是想擺脫他，另一方面也是想說出這些。」

卡蘿琳靠在門上，挑起眉毛看著他：「你也是惡魔，雖然你太像人類了……這麼長時間你都逃不出他的手掌心？或者你們乾脆打一架也好啊，就算你打不過他，也足夠吸引我們的注意了。就算是被家暴的女人也會還幾次手的。」

蜜雪兒苦笑著：「獵人小姐，妳不瞭解。深淵惡魔和我這樣的……我們之間的差距太大了，比酗酒的俄國丈夫與被家暴的女人還大！至少女人不會因為男人的一句話就只能跪下，無法動彈。他有很多束縛方法，在惡魔之間非常有效，比對人類用還要有效，我根本沒辦法違抗他，只要他不同意，我甚至連頭都沒辦法抬起來。」

「喔，所以就是，你想分手而他不同意？」卡蘿琳問，「然後他就一直跟蹤你，控制你……西多夫真的是惡魔嗎？怎麼小氣成這樣？」

在他們討論「不許分手的暴力前男友」時，克拉斯沉默著。

他回憶著之前的時間線，西多夫被救助是在三年前，當年西多夫一心想回到深淵，而且還多次幫助協會，完全不像現在的樣子。而兩年前，西多夫遇到了蜜雪兒，這期間西多夫一直在作惡，只是沒被發現。

無論哪個時代，某城市如果有骨翼惡魔，一定會每天事端不斷，不會這麼風平浪靜，所以協會才一直忽略了西多夫的存在。這三年裡西多夫平靜得不像惡魔的行事方式，蜜雪兒說得沒錯，這種方式更像「狡猾的人類罪犯」。

「蜜雪兒，西多夫為什麼要殺人？」克拉斯問，「是為了吃？還是煉藥？」

蜜雪兒抹了一把臉，說：「他慢慢折磨他們，直到把他們弄死。所以你看，他不用每天都殺人，一個俘虜夠他玩很久了。」

房間裡的三個協會工作人員面面相覷，發現這件事比他們之前想得還糟。

這時麗薩走了進來，端著托盤，上面是幫蜜雪兒解除縛咒所需要的東西。她坐在床邊，指了指門外：「克拉斯，這裡交給我。你們最好出去看看電視。」

「電視？怎麼了？」

「在播報一則新聞。地址很眼熟……新松果社區三街，幾號來著？好像是你們負責的兩個迷誘怪的住所。」

克拉斯和約翰離開隔離室，小會議室的電視上仍在報導這條新聞。

新松果社區三街二十一號，確實是迷誘怪法爾夫婦的住所。現在是清晨，所有居民都在熟睡中，這棟房子突然爆炸起火，還波及了臨近的房屋。

大火劇烈得匪夷所思，消防人員趕到得很及時，他們已經撲救了將近二十分鐘，火勢竟然絲毫不減弱。

麗薩解除了蜜雪兒的縛咒，她和卡蘿琳趕去西多夫家尋找殺戮證據。約翰和克拉斯則坐上兀鷲開的車，趕往火災現場。

新聞報導裡沒說屋裡的兩個女孩怎麼樣了，迷誘怪擅長搏鬥，力大驚人，但在魔法方面毫無天分。如果法爾夫婦身陷火場，恐怕和人類一樣很難脫身。

等他們趕到時，大火已經被撲滅了。消防人員紛紛議論著這場詭異的火災，它爆發得突然，燃燒猛烈，起初怎麼撲救都不見轉機，現在卻像被關掉的天然氣一樣減弱，最終熄滅。

「約翰，你還是不要參與了。」在車子裡，克拉斯說，「已經天亮了。」

「現在不是正午，我還能活動。你忘了嗎？我在黃昏時還能長跑呢。」約翰說。

「可是你該休息了。」

「你更該休息。」約翰打開車門，「據我所知，人類通宵不睡覺會比血族還疲憊呢。」

克拉斯對他笑了笑，讓他跟了過來。

房子已經被燒得面目全非，相鄰的屋子也跟著遭殃。現場聚集了不少人，幾乎把街道圍得水泄不通。克拉斯和約翰藏在街道對面房子的牆邊。

「已經有人進去了，現在還沒看到有屍體被抬出來。」克拉斯低聲說，「也許是好消息。」

約翰看了看天空，晨曦中的陽光還不算太難忍受。他說：「你在外面等我，我霧化進去看看。」

「你可以嗎？這間屋子沒人能邀請你進去。」

「可以，它現在已經不算住宅了，就不用邀請……但我只能看看，大概沒辦法幫忙。」

克拉斯點點頭，約翰霧化了身體，飄向大火後的屋子。

火的溫度一定比普通火焰高。這是約翰進入屋後的第一個想法。普通火災後的房子雖然同樣破爛不堪，但至少不會呈現幾近融解的狀態。現在，法爾夫婦的房子以及室內的一切都失去了形體，這根本不像「焚燒」，更接近於「熔煉」。

消防人員在尋找餘火以及屍體。可是在這樣的屋子裡，人們根本分不清物體和物體的邊際，恐怕屍體會被燒得難以辨認。

過了一會，消防人員出去了。約翰仍在尋找。迷誘怪是普通生命體，而不是異界生物或靈體，他們的肌肉骨骼等等具有和人類差不多的味道，約翰能夠分辨這種味道，雖然大火過後希望非常渺茫。

陽光透過殘破的屋子縫隙照進來，約翰有點不舒服，白天要維持霧化十分困難。他找了個避光的角落恢復形體，打算休息一會再重新霧化飄出去。

突然，他聽到了一聲雜音，有什麼東西踩到了灰燼。

背後襲來一陣灼熱，他撲倒身體躲開，帶著深紅色火焰的箭矢穿空而過。在他還沒來得及爬起來前，一團黑影從空中跳了下來。約翰躍起將黑影絆倒，手指用力掐緊對方的喉嚨。指尖能感覺到熱度，這不是死靈，也不是人類。約翰和對方在地板上扭打，激烈的聲音吸引了外面人類的注意，消防人員正打算回去看看。

黑影一翻身，用膝蓋抵著約翰的肚子，單手把約翰的頭撞向地面。這種攻擊方式對約翰來說不算什麼，他卡住對方的脖子，能感覺到手掌下的火熱皮膚在跳動。

這時，黑影抬起另一隻手。「喀」的一聲，藍白色的強光迸出，約翰瞬間慘叫起來。他鬆開對方，雙手緊緊捂住臉。襲擊者手裡的是一盞家用手提紫外線燈。

帶著火焰的箭矢再次出現在空中。它疾衝而下，貫穿過襲擊者的身體與約翰的胸膛。

當消防人員再次進入屋子，災難現場空空如也，只剩下焦糊刺鼻的味道。警察們阻擋圍觀人群靠近，各路記者聚集在新松果社區三街，ＳＮＧ車幾乎擋住整條馬路。

克拉斯在外面等了很久都不見約翰出來，他打電話給協會進行彙報，又打給麗薩確認西多夫住宅的情況。

「西多夫家裡特別窮，」這是麗薩的手機，接電話的是卡蘿琳，「他和你們家的吸血鬼一樣住地下室，連自助洗衣店都比他住的高一層。這裡裝飾得像古代巫師的巢穴，但物品幾乎都是現代仿製品，水晶球是玻璃的，祭禮皿是樹脂的，還有ＰＶＣ材質的獨角獸首級……天哪，真噁心，我看到了模擬那什麼的器具！裝電池的！還他媽是粉紅色！喔我的眼睛！」

「比起這些，妳們發現什麼有趣的東西了嗎？」

「發現了，床頭有手銬，上面有深淵文字，手銬內側還墊了海綿。床頭櫃上有九尾鞭……」

「……我是問妳有沒有值得注意的，比如魔法痕跡什麼的。」克拉斯按揉著眉心，一夜沒睡的他現在更疲勞了。

「麗薩正在找。」卡蘿琳回頭看著正在忙碌的搭檔，「我不擅長辨識這些，只能靠她了。至少現在我們可以確認西多夫確實不在。剛才麗薩發現了一點東西，看來西多夫也並不是特別窮，他有一些寶石和金飾，還有很貴的靴子和皮帶。麗薩又找到一串女人小指骨做成的鍊子，還有一顆真正的顱骨，麗薩說顱骨主人剛死不到一年……等等，我們發現了暗門！它藏在裝滿成人雜誌的書架後面，麗薩打開門了，門外……門外怎麼還是牆壁？是紅磚牆，牆上畫了一隻三趾樹懶……」

「一隻什麼？」

電話那頭隱隱傳來麗薩的聲音：「這是『深淵挖掘者』，不是三趾樹懶。」

克拉斯望著大火後的房子，邊尋找約翰的身影邊問：「卡蘿琳，妳能不能叫麗薩接電話……」

「不能，她正在分析那個三趾……那個深淵挖掘者圖案的意思。克拉斯，深淵挖掘者是什麼東西？」

「有點像我們這個世界的地鼠。」克拉斯說，「它們擅長挖通空間，或者在同一時空的不同位置建立短通路。我聽說它們絕種了，可能這個圖案有象徵意義。」

「這是深淵的法術？傳送惡魔的門之類的？」卡蘿琳很確定牆的另一邊不是西多夫的領域，是地下設備房間。

「妳問麗薩。我沒親眼看到，不能判斷。」

麗薩接過手機：「克拉斯，我剛才試驗過了，那不是傳送類法術。」

「會不會是因為它只接受深淵生物？」

「我試過了，我用咒語把卡蘿琳暫時偽裝成帶有深淵氣息的生物，推了她一把，她進不去。」

「什麼？妳剛才對我幹了什麼？」卡蘿琳在電話旁大叫。

「圖案沒有啟動。」麗薩說，「甚至不是能否進去的問題，而是它徹底無法作用，就像根本畫錯了。」

「妳說……會不會它確實畫錯了？」克拉斯不得不考慮這個可能性，骨翼惡魔有天生的血脈力量，但並不是咒文施法大師。

「總之，我把照片傳給你。」麗薩說，「我們回去再仔細研究，現在我打算先把這地方封起來。」

克拉斯的手機接到新訊息，麗薩傳來了照片。是個三點對稱的圖形，中間的圖形確實是「深淵挖掘者」，其心臟位置畫著一支箭矢，箭矢的羽尾上寫著另外幾句咒語。

「這不是深淵語。」克拉斯把圖片放大觀察，「是普通古代奧術文字……這是個複合符文，用幾種法術融合在一起……」

到現在約翰還沒出來。克拉斯關上手機螢幕，準備再靠近點等他。按下待機鍵之後，手機螢幕的背光暗去，黑色反光螢幕上浮現出兩個影子。一個是克拉斯自己，另一個是站在他身後的、穿著黑色長風衣的紅髮男人。

「西多夫！」

西多夫扼住克拉斯的脖子，關節抵住頸動脈竇。帶著火焰的箭矢再次浮現，並穿過他們兩人的身體。一瞬間，兩個人原地消失，只有克拉斯的手機掉落在牆角。

Unthreatening Creature Protection Association

Chapter 7

黑霧旅店

「你醒了嗎？」

低沉溫柔的聲音在耳邊響起，克拉斯皺著眉頭睜開眼，這裡的天花板畫著和西多夫家石牆上一樣的圖案。

西多夫坐在他身邊，身後的黑色骨翼徹底顯露出形態。

「你怎麼沒回深淵？」克拉斯動了動，發現自己是自由的，並沒有被綁住。

「是『偽裝之錨』。」西多夫說，臉上帶著一點自豪的神色，「你聽說過這個吧？深淵魔法和人類魔法混合的成果，要用惡魔血才能驅動。我可以把錨點設置在任意地方，當我的身體被驅逐，錨點會把我帶到預設好的場所，你們會被蒙蔽，以為我確實離開了這個世界。」

克拉斯嘖嘖感嘆著：「直到今天也極少有驅魔師能完成傳送法術，更別說深淵魔法了。在你們那裡，也只有惡魔祕術大師才懂這些吧？」

「應該是吧，我以前也不懂。」西多夫說話的語氣一點都不像綁架犯，更像正常閒談，「記得我被『奧術祕盟』的神經病們綁架的時候嗎？那時我受盡折磨，但也學到了不少東西。哈，我是領主級別的骨翼惡魔，人類總是難以預測我，對嗎？」

「在我救你時，我並不知道你和他們相處得這麼愉快。」克拉斯說。

「並不愉快。而且我當時是真的需要你的幫助，我很感謝你。」

「之後呢？你就開始使用學到的法術了？」

「是啊，不止錨點，還有很多別的東西。這種錨點雖然施法時很麻煩，但比你們人類古時候的傳送法術要安全可靠很多。」

「是很可靠，我簡直不知道該怎麼離開。」克拉斯問，「你準備讓我離開嗎？」

「也許……我並不想讓你離開。」西多夫微笑著。

克拉斯撐起身體坐起來，西多夫沒有阻止。「我要是問你這是什麼地方，你會告訴我嗎？」

「不會，我不打算告訴你。」

「我還想問你，火災是怎麼回事？」

西多夫直視著他，挑起嘴角：「哦，那個啊。蜜雪兒真是越來越大膽了。」

「你說什麼？」

「地獄之火嘛。是個定時觸發的法術，你應該聽說過吧？當然，這是惡魔的法術，你們人類施展不了。」

「你能正面回答我的問題嗎？」

「好。是蜜雪兒把它用在迷誘怪身上，幾天之後，時間一到，定時炸彈爆炸，迷誘怪的家裡就著火了。」

克拉斯暗暗攥緊拳頭：「可是，蜜雪兒為什麼要殺他們？」

「因為他們是迷誘怪啊，比殺人類更容易善後。真沒想到，身為一個人間種，他竟然成功地施展了這個法術。其實我本來想叫他殺的是其他人，就是『磷粉』俱樂部裡總是在吧檯和他聊天的那對夫婦，那也是一對人間種。可是蜜雪兒不肯。」

西多夫露出一副被辜負的表情：「他越來越想擺脫我了，真令人傷心。」

「你們到底在做什麼？」克拉斯問，「蜜雪兒說，這三年裡你一直殺人？」

「蜜雪兒教我人間的法術，我則訓練他深淵魔法，然後一起找合適的目標來練習。唉，原本我們是多好的拍檔啊。」西多夫惋惜地說。

西多夫向克拉斯走去，惡魔的威儀讓人類雙腿一軟跌坐回床邊。

西多夫單膝跪下，抬頭看著克拉斯：「克拉斯，現在換我提問。是蜜雪兒向你們告發我，叫你們驅逐我的，對嗎？」

事情還並不清晰，克拉斯不願對蜜雪兒下定論。他說：「不，是我無意中看到蜜雪兒身上的縛咒……」

「喔，那個啊。」西多夫陶醉地微笑著，「在他對迷誘怪們施法後，我趁他不注意搞了個縛咒，讓他沒有我的同意就不能私下行動。他非常憤怒，但又不能把我怎麼樣。」

「對迷誘怪施法難道不是你默許的？」

「對，我默許了。但我沒有默許他偷偷把你的電話交給迷誘怪。」西多夫的翅膀微微顫動了一下，站起來在柔軟的地毯上來回踱步，「蜜雪兒原本可以用任何藉口接近迷誘怪，對他們施法，但他卻選擇用『求救』當作藉口。『地獄之火』的潛伏期一般是九天左右，九天，足夠那兩位小姐撥通電話並引起你們的注意了，然後他就可以向你們哭訴我虐待他。」

「他就沒想過，迷誘怪很可能不會聯繫我們嗎？」克拉斯說得沒錯，實際上，迷誘怪夫婦確實沒有撥打那個手機號碼，他們以為那是蜜雪兒的號碼。

西多夫笑起來：「你知道嗎？蜜雪兒對『磷粉』裡的很多人表演過這齣戲碼。迷誘怪、其他人間種惡魔、石心人、人類獵人，還有幾個我沒留意到底是什麼的東西……他不是僅僅是對迷誘怪這麼說過。」

惡魔又露出憂傷的表情，就好像真的受到很大傷害似的：「我真的很討厭他擅自做主，不服從我。以前他多麼順從啊，隨著他對深淵魔法掌握得越來越多，個性也變得越來越差了。他一邊練習施法、感受力量，一邊想方設法擺脫我……真是狡猾。」

「還有誰？」克拉斯問。

「什麼？」

「你們在『磷粉』裡……還對誰用了『地獄之火』！」克拉斯幾乎吼了出來。他很少大喊大叫，所以聲音顯得沒有多少底氣。

兩個惡魔在俱樂部裡對迷誘怪埋下魔法的種子，既然西多夫對蜜雪兒能施法成功表示驚嘆，這至少說明，那次是蜜雪兒第一次完整施展「地獄之火」。克拉斯不相信這九天內蜜雪兒沒有再對別人繼續嘗試。

「不清楚，我根本沒留意他還做了什麼。」西多夫舔著嘴唇說，「這幾天，我一直沉醉在用魔法調教蜜雪兒的愉悅中，我可以讓他在調酒時被看不見的東西插到站不住，還可以控制……關於他下半身的一切。」

好吧……克拉斯扶著額頭，原來之前約翰的糟糕聯想竟然一點都不過分。

「我真是白替你們操心了。」克拉斯塌下肩膀，嘆口氣，「你們真是天生一對。」

「那是以前了。」西多夫嗤笑著，「原本我還沒下定決心，現在我決定了。」

「決定什麼？」

「既然蜜雪兒想離開我……」西多夫說，「那很好，我也不需要他了。我立刻去解決掉他，然後回來陪你。」

「什麼？」

西多夫眼睛裡的紅光黯淡下去，他緩緩說：「克拉斯，我認為人類分為兩種，一種是有趣的、值得交朋友的異界生物，另一種是野生動物與家畜。在我心裡，你一直是前一種，如今也沒有改變。」

骨翼惡魔站起來，指著屋裡四周：「這間房間仿造酒店標準套房的格局，冰箱裡有食物和水，你可以隨意取用，只可惜這裡沒有電視和網路。我很尊敬你，不想束縛你，但我不建議你離開這個房間，因為你有可能死在外面的任何地方。這一帶是我在人間真正的家，它很大，充滿各種驚奇，你應該懂我的意思。」

惡魔打開門準備走出去，克拉斯看到，門外是濃重的黑暗，彷彿積聚著黑色霧氣一樣。

「西多夫，等等。」

「嗯，有什麼需要嗎？」

「我想問你是否見到了約翰，你會告訴我嗎？」

「我要是說『沒有』，你會相信嗎？」西多夫故意欲蓋彌彰地眨眨眼。

「好吧，你把約翰也抓來了……還有一個問題，你打算把我和約翰留在這多久？」

「我熱情好客。吸血鬼一定很好玩，我會好好物盡其用。而你……你是我的貴賓，並將永遠都是。」說完，西多夫關上門，門外傳來上鎖的聲音。

惡魔離開後，克拉斯在房間裡仔細搜索。窗戶外面是堵死的牆，冰箱裡都是包裝食品，沒有任何能代替施法材料的香料原料。

「要是卡羅爾在這裡就好了。」克拉斯碎念著。卡羅爾是協會的新員工之一，就是曾和約翰同時培訓的「魔女血裔」男子，他們這一族的血液是萬用施法材料，幾乎能代替所有常見材料甚至器材。

手機不在身上，銀粉水筆也被拿走了。克拉斯在屋裡翻找了很久，只找到一根衣櫃裡的金屬橫杆，勉強能當武器。書桌上有一支很鈍的粗馬克筆，克拉斯非常感謝它還有水。他在橫杆上豎著寫滿咒文。這是個銳鋒咒語，能給予武器更強大的攻擊效果。

他走到門前，拍了拍門板。

「這個蠢貨，用普通的門就想關住我，在你眼裡人類到底有多弱小？」克拉斯揮舞了幾下帶有銳鋒咒語的杆子，聲音如同細劍劃過空氣。

沒多久，門被打開了，門框上的木條和門鎖被戳得亂七八糟。克拉斯用衣袖擦了擦額頭上的汗水，打開門，外面的黑霧像黏液般翻滾著，掩蓋了走廊的形狀。也許一般人在這種黑霧中會徹底迷失方向，甚至無法分辨身周環境的寬窄，但克拉斯不會受到影響。

黑霧在他眼中是透明的。真知者之眼不僅能看透生物的偽裝，還能識破魔法的障眼法。這個地方不是「像」酒店的標準套房，這裡根本就是一間老舊的酒店，而且已經廢棄很久了。

當克拉斯踏出門外，短暫的眩暈突然襲來。再次集中精神時，他發現自己竟然站在房間窗前。

不，這不是剛才的房間。克拉斯轉過身，環視四周。這間屋子比剛才的要破舊很多，桌子和床鋪上滿是灰塵，沒人打掃過，角落堆著數量可觀的廢紙箱和包裝袋。

他用橫杆撥弄它們，發現這些基本是電器和生活用品的紙箱，甚至有不少是奢侈品的包裝，比如法國產的某些男士包包、服裝和鞋子。

「西多夫一直沒有好好工作，不可能在三年內買了這麼多東西。」克拉斯哭笑不得地看著一堆廢品，「多半是他偷的。真聰明啊惡魔，還知道不亂丟包裝，避免被人從遺棄垃圾中發現疑點。」

比起惡魔偷奢侈品，還是另一個發現更重要一點：門是隨機的，踏出一步之後，你根本不知道自己會走向哪裡。

「但願我能找到約翰……」克拉斯再次打開門，這次他平安踏上了樓梯間。有實體的黑霧隨著他的前進被拱開缺口，他走向樓梯，向下踏出一步，身形再次消失在原地。

約翰醒來的時候幾乎痛得滿地打滾。但並不是因為火焰箭矢，那其實根本不疼。被箭矢穿過後，他來到了一間完全漆黑的房間，還沒反應過來，就被人往頭上套了一個尼龍袋子。綁架者拿皮帶或鞭子不停抽打他，他跳起來反抗，卻不小心撞到頭昏倒了。

血族的自癒能力很強，身上的傷口基本不痛了。約翰掀開頭上的袋子，四下環顧，夜視能力讓他看清這裡是已廢棄的動力室，剛才他的頭撞到了某處管道，把管道撞凹了一塊。

他知道是誰幹的。西多夫，在火災後的屋子裡他還不那麼肯定，剛才被毆打時，他聽到了對方的聲音。

「但願克拉斯沒遇到這個……」約翰不安地站起來，活動了一下筋骨，走向室內唯一的門，踏入黑暗。

黑霧太過濃稠，連血族的眼睛也無法清晰視物。約翰摸索著前進，讓手指末端關節發出細小摩擦聲，指甲伸展出一個指節的長度，並變得更加厚實堅硬，為了防備任何可能的攻擊。他深呼吸，讓平時隱藏在牙床中的獠牙也顯露出來。

在黑暗中，他聽到遠處有呼吸聲，中間似乎隔著障礙物。他小心地靠近，沿著牆壁摸索到一個門把。

就在扭動門把的瞬間，潛伏於黑霧中的東西向他猛撲過來。它至少有八英尺高，巨大的爪子襲向約翰的頭部，約翰堪堪躲過，憑直覺將手指刺向它的喉嚨。

怪物的猛撲無法停止，帶著約翰一起跌進門內。室內有白熾燈光，約翰這才看清楚怪物的樣子。這是個低等惡魔，長得像熊和公牛的混合體，約翰的手指刺進它的鎖骨之間，它狂怒且不知疼痛，掙扎著想要繼續攻擊。

約翰手上用力一扭，撕開了它的動脈和頸部肌肉，黑色的血噴濺出來，約翰怕這個龐然大物倒在自己身上，他拔出手指，將它推出門外。低等惡魔在摔出去的一瞬間消失無蹤。

約翰轉過身，發現這裡竟然是一間酒店的高級套房。

套房遍地塵土，還有幾串來來去去的腳印和拖拽箱子的痕跡。地上隨意丟著幾套衣服，廁所的浴缸被砸碎了，電視也摔在地上。

在套房臥室的門口，約翰看到了被拖進來的箱子，裡面是一堆用途不明、形狀奇特的物體。

「天哪……」約翰覺得有點眩暈，這些小東西中，有些他只在成人網站上見過，也有些更像中世紀刑具。

再往裡面走，他看到了更加驚人的東西。臥室大床上長著一株植物，它從床底穿破床墊，樹冠緊貼著天花板，樹枝上……竟然吊著幾具屍體。它們的腐爛程度不同，有的已化為白骨，有的還沒開始腐爛。

約翰的目光停在最新的屍體上，這個人類所承受的，比起謀殺更像一系列刑求。

惡魔在這裡發洩憤怒與惡意，如同重現他曾在「奧術祕盟」的地下室中遭受的屈辱。

當卡蘿琳和麗薩找到兀鷲時，他正守在克拉斯的手機旁，在房屋邊的陰影裡發出一串語意不明的聲音。除克拉斯外，沒人能聽懂他在說什麼，只有和幽靈締結契約的人才能和他們溝通。

時間已經接近中午，克拉斯和約翰一直不見蹤影。麗薩把兀鷲帶回協會，讓兀鷲把所見寫下來，但糟糕的是，他寫的字也沒人能看懂。

「克拉斯也許出事了。」麗薩帶著電腦，抱著一堆書本走出協會圖書室，「卡蘿琳，妳找幾個獵人先去找找，我要分析一下西多夫家圖紋的意思。」

「妳直接看都看不出來嗎？」

「我要回家裡一趟，我的祖父也許知道。這是個複合咒文，就像不同零件組裝出來的產品，我能看出其中幾句的意思，但不明白它真正的作用。」

卡蘿琳想了想：「嘿，妳說，會不會是那個叫西多夫的惡魔幹的？」

「他應該是被送回深淵了……」

「也不一定，萬一他耍了點花招呢？」

麗薩搖搖頭：「如果真的是這樣，他是在哪裡學會我們都不知道的法術……」

說到這，麗薩突然停了下來。顯然卡蘿琳也和她想到了同一件事，正直直地盯著她。

「奧術祕盟！」

「西多夫和那些巫師共處很久，對，這就很難說了。」麗薩把懷裡的書本往上推了推，加快腳步走出大廈，「這麼簡單的事我怎麼沒想到呢？在協會待久了，總是習慣把那些傢伙看成需要幫助的受害者……」

「我就不把他們當成受害者。」卡蘿琳說，「那妳去研究咒文吧，我想試著找找到西多夫，如果他真的逃脫了的話。」

「妳要怎麼找？」

「我是自由獵人出身，最有行動力了。妳去忙妳的吧。」

卡蘿琳回到協會辦公區，從自己的儲物櫃裡拿出一大堆武器。夾克內兩臂藏著袖刃，寬皮帶內側有葉形手刺，皮帶扣是銀質的，還可以拿來抽人。現在是白天，她沒辦法帶獵槍和長刀，但斜背包裡裝著手槍和單手弩，夾克內側帶著銀彈、弩矢和彎刃匕首，靴子裡各插著一柄直刃匕首。

「好了，準備出門約會吧。」她束起金色長髮，哼著歌來到隔離室前。

蜜雪兒正靠在床上看雜誌，被卡蘿琳嚇了一跳。卡蘿琳愉快地和他打招呼，抓起他的手臂把他拖出屋子。

「這是要幹嘛？」蜜雪兒緊張地看著她。

「去約會啊。」卡蘿琳手上用力，強迫蜜雪兒站直，像普通年輕女孩一樣挽著他的手臂，「你和暴力前男友分手後也無家可歸了吧？我帶你去買幾件衣服。」

「可是我沒帶錢……協會幫我出錢嗎？」蜜雪兒小心翼翼地問。

「不，我這裡有麗薩的副卡。」

卡蘿琳又打了幾通電話，向傑爾教官彙報自己的行程，還問史密斯哪家購物中心有折扣。他們來到車庫，卡蘿琳把蜜雪兒推進一輛 **Land Rover** 的後座，自己跳上駕駛座。

「我們具體是……準備去哪裡？」蜜雪兒仍然很不安。

「遊街。」

「什麼？」

「我的意思是逛街。繫好安全帶，放心，我會保護你的。」

克拉斯先後走進貨倉、雙人套房、廁所、工具間……現在又走進一間普通客房。每扇門的每個方向都是隨機的，即使往回走也無法回到上一個房間。

他之前遇到過長著蝙蝠翅膀的小魔怪，還有個胸前受傷的低等惡魔，前者被他用金屬橫杆打飛了，面對後者他無法靠力氣戰勝，好不容易才逃掉。

「它受傷了……」克拉斯回憶著傷口的形狀，像是被利爪撕裂，深入肌肉，如果是人類早就流血致死了。

「約翰，希望你沒事。」克拉斯回憶起西多夫說的話，惡魔說「吸血鬼很好玩」，這怎麼聽都不像是好話。

克拉斯打開壁櫥的門，看著狹窄昏暗的空間，他深呼吸了幾次才走進去，然後出現在廚房裡。他暗暗感謝這不是真正的壁櫥。

廚房竟然沒有廢棄，有幾臺瓦斯爐明顯經常被使用，各類刀具一應俱全。立式玻璃門冷藏櫃裡冰著一些不明生物的殘肢和器官，其中還有人類的。克拉斯決定不去看大冰櫃了，想必只會更加噁心。這裡也有一些屬於普通人類文明的東西，比如調味料和樟腦球。在惡魔的廚房裡，它們竟然是放在一起的。

走到廚房門前時，克拉斯隱約聽到外面傳來什麼東西倒塌的聲音。箱子乒乓作響、振翅聲、不明生物的嘶叫，以及腳步聲和儲物架被撞倒的聲音。

「約翰？」克拉斯貼近門口。打鬥聲仍在繼續，他乾脆直接拉開門，但沒有跨出去。

黑霧之中，約翰正借助牆壁跳向一隻巨大的黑色巨鳥，他撲到它身上，手臂從側面插進其脖頸，將它壓倒在地。那瞬間，巨鳥的血液噴得很遠，甚至噴到了廚房門前。可是血液沒有濺到克拉斯的鞋子上，它們在進入門內的瞬間就消失了。

這裡也是隨機方向。儘管克拉斯能看到約翰，可是一旦他走出去就會到另一個房間，約翰也同樣無法直接走進廚房。

約翰把手臂從巨鳥的屍體裡拔出來，稍微嘗試著舔舐了一下黑色的血，結果立刻轉身跪下乾嘔了起來。他看到了克拉斯，驚喜地跑過去，克拉斯立刻阻止他：「停！別過來！」

「抱歉，我不該讓你看到這個樣子……」約翰知道自己現在看起來很恐怖，眼睛赤紅，獠牙暴露在外，雙手長著鋼片般的長指甲，而且渾身都是各種顏色的血液。

「我不是在怕你。」克拉斯指了指門框，「你應該感覺到了，這裡很多門都是隨機的，這個也是。現在你能看到我，但如果你走進來，就會出現在另外的房間。別過來，先聽我說。」

約翰點點頭，靠近了一點，站在門外。

「隨機的門沒有太多規律，而且這裡是廢棄酒店，房間太多了，就更難找規律。」克拉斯說，「我們約定一個地點。你要盡可能不停進入門中，直到來到廚房。」

「好，你等我。」約翰長舒一口氣，「我就從眼前這扇廚房的門開始走，可以嗎？」

「不，你再找另外一扇。」克拉斯說，「面對廚房的門反而會把你帶到更遠的地方，剛才我體會過這一點。約翰，你怎麼了？你看起來氣色很差。」

約翰指指地上的巨大屍體：「這東西的血很噁心，簡直像嘔吐物，似乎有毒，幸好我沒真的喝一口。」

「我還以為你知道的……低等惡魔的血都不能用。如果是西多夫或蜜雪兒那種就可以。」

「是啊，我還進食過魅魔的血呢。」約翰笑著，低頭看看自己滿身的汙漬，「如果可以，我真不想讓你看到現在的樣子……」

「約翰，」克拉斯柔聲說，「別忘了我有真知者之眼，我能接受任何樣子的你。」

約翰張了張嘴，有點不好意思地低下頭。門另一邊的克拉斯讓他想起他們第一次見面時，那時他們也隔著一道門，克拉斯熱情地對著他微笑。

約翰退入濃重的黑霧中，他漸漸無法看到克拉斯了，克拉斯卻還能夠看到他。約翰很快找到一處臺階，往上走了兩步，然後消失。

克拉斯回到廚房，盡可能避免接近任何「門」或通道，保持站在開闊的空間內。他拿出馬克筆，挑了幾把廚刀，幫它們寫上銳鋒咒語，然後用普通刀子劃開自己的手指，將血珠滴在一瓶胡椒裡，又加進一小撮迷迭香粉末。他把這瓶東西放在櫃子上，自己靠牆站著，一動不動。

他做了一瓶稍顯簡陋的惡魔迷魂劑，有點像貓薄荷。低等惡魔一旦走近這種東西就會被其氣味吸引，會不斷嗅它，不願離開它，甚至忘記自己原本想要幹什麼。如果有別的材料，克拉斯還能做出更強力的迷魂劑，只可惜現在材料有限。

如西多夫所說，這裡充滿各種驚奇，有很多怪物或低等惡魔。也許西多夫禁止它們進入某幾間房間（比如克拉斯一開始所在的那間），但它們可以在其他地方自由活動。克拉斯不希望在約翰還沒找到廚房之前，就有別的怪物先闖進來。

不知道過了多久，某排架子後方傳來腳步聲，一隻渾身軟塌塌的泥塘惡魔蠕動進來。它看起來像溺水身亡的人類，蒼白而膨脹，眼睛長在頭頂，要低著頭才能看路。這種東西是深淵中的下水道老鼠，低等又骯髒。

它看到了克拉斯，正張開布滿一整圈牙齒的嘴靠過來時，突然被櫃子上迷魂劑吸引住了。它把頭放在櫃子上，身體緩緩蠕動，不斷變換著腦袋的位置，沉醉在迷魂劑的氣味中。

克拉斯拿著一把西班牙火腿刀，思考著要不要偷襲泥塘惡魔。用刀攻擊不是他所擅長的，但他又擔心簡易製劑效果有限，怪物的注意力也許會再度轉移到自己身上。

就在他猶豫時，廚房的雙開門被撞開，一隻直立行走的巨大壁虎走了進來。

完了，這不是惡魔……克拉斯暗暗想著，握緊了刀柄。

這是一隻洞穴蜥人，牠屬於超自然物種，不是惡魔，不會被迷魂劑吸引。這東西的眼睛是全盲的，必須依靠物體運動時的氣流、聲音與氣味來辨別獵物。

泥塘惡魔對洞穴蜥人咕嚕嚕地怒吼，蜥人則吧嗒吧嗒地朝惡魔撲去。兩個體型差不多大的東西滾成一團，互相撕咬。

克拉斯貼在牆邊不敢動，偷偷在心裡幫惡魔加油。只要惡魔幹掉蜥人，它就能回去繼續沉醉於迷魂劑了；但要是蜥人贏了，接下來牠也許就會發現屋裡還有一個人類。

偏偏有時候怕什麼就會來什麼，蜥人伸出足足有一公尺以上的細長舌頭，捲住了泥塘惡魔的脖子，咬掉了它的頭。蜥人心滿意足地咀嚼著，發出嘎吱嘎吱的聲音。牠動作微小地扭動著腦袋，似乎已經發現了室內有什麼不對勁，正在搜尋獵物的藏身之處。

克拉斯雙手握緊火腿刀，依舊貼在牆邊。蜥人的行動速度極快，人類只要一動就會被牠發現，而且人類根本跑不過牠。

蜥人一點點向克拉斯接近，小心翼翼地嗅著氣味，不時伸出舌頭探知著。牠停在距離克拉斯不足兩英尺的地方，慢慢彎下腰。

「你怎麼不動啊，你受傷了嗎？」蜥人用不太熟練的英語說。

克拉斯驚訝地看著牠。書籍中說洞穴蜥人有一定的智慧，但並沒說牠們還會說英語。比起這個，更讓克拉斯震驚的是牠的聲音——聽起來是個年輕小女孩。

發現對方沒有反應，蜥人把剛才那句話又重複了一遍，還補充說：「我是從厄瓜多來的，我的發音不太標準，你聽得懂嗎？」

「呃……我……」克拉斯從未想過能和這種東西溝通，「我能聽懂，妳的發音很標準，以及我沒有受傷，謝謝妳的關心。」

「你介意我先去吃飯嗎?」聲音柔嫩的蜥人指指惡魔屍體。

「請便……」

這裡沒有鐘表,很難計算時間。不知過了多久,約翰從某個櫃子的轉角處氣喘吁吁地出現。他看到克拉斯坐在牆角,旁邊有個比人還高的直立蜥蜴,正在嚼一條灰色的腿。

蜥人回頭過,肌肉緊繃起來,克拉斯趕緊開口:「別擔心,我的朋友來了,是我叫他來找我的。」

蜥人快速咀嚼完惡魔腿,站起來對約翰點頭(因為她的眼睛看不見,約翰又一動不動,導致她點頭的方向偏離了一點)。

約翰愣在原地一動不動,張成乒乓球那麼大的嘴裡露著尖尖的小獠牙。

克拉斯對蜥人說:「這是我的朋友約翰.洛克蘭迪。我們以前沒見過蜥人,他只是有點反應不過來。」

蜥人點頭致意:「我是瑪麗安娜。我們走吧,在這裡的時間越久就越危險,有的惡魔很厲害,我打不過。」

「克拉斯,她……」約翰繞過蜥人來到克拉斯身邊,看著瑪麗安娜一擺一擺的尾巴。「你相信嗎?西多夫和蜜雪兒以前竟然還一起去南美旅遊,不但旅遊,還綁架了一個洞穴蜥人女孩。最神奇的是,他們是坐飛機回來的,我真好奇他們用了什麼法術通過安檢。」

克拉斯剛才已經聽過了瑪麗安娜的故事。牠們一族生活在不見天日的地下隧洞中,所以全都沒有視力。蜥人很稀少，牠們有自己的文明，與世隔絕，以前她根本不知道什麼是惡魔，直到被西多夫帶到這裡。

她說自己在小時候接觸過人類，是個進入洞穴探險與同伴失散的人類。她帶著那個迷路的人類走出隧洞，回到地表——然後她轉身就跑了。因為她聽家族裡的長輩說過，蜥人和人類的長相不一樣（雖然她從沒「看見」過），人類會畏懼蜥人。但當時，那個人類沒有驚叫或攻擊，而是在她背後遠遠地喊著：「謝謝妳！我不會告訴別人見過妳的！」

後來她才知道，人類有叫做「燈」的工具，他們能在黑暗中看到東西。那個人類早就見到了她的長相。從那時起，她一直對人類保有隱約的好感，也正是這一點令她走入了惡魔的圈套。

對西多夫這樣的骨翼惡魔來說，召喚一些深淵中的低等惡魔並不是難事。他的「家」裡充滿的各種奇形怪狀的僕從和守衛，有不少由於力量制約只聽從於他。

而瑪麗安娜則是「清道夫」。蜥人喜歡吃帶有腐朽氣味的東西，而且力量與敏捷都很驚人，西多夫把她困在這裡，她也不得不就這麼生存下去。

蜥人女孩不知道這個地方的具體位置，因為她從沒離開過。她說她見過出口，那裡有某種很強大的防護，還有守衛，她出不去。因為沒有視力，所以她無法描述那究竟是什麼樣的房間。她只知道那個房間有能通向外面的門窗，有風和很暖和的感覺——那應該是陽光。

「我們從廚房出去，怎麼樣？」瑪麗安娜站在雙開門前，「不過我們必須靠在一起，要貼得緊緊的像一個人一樣，不然，這些隨機的門可能會……拆毀我們。呃，意思就是，三個人可能會出現在不同地方。」

「是『拆散』，對吧？」克拉斯友善地指出她的用詞錯誤，她高興地點點頭。「那麼我們需要貼多近？」克拉斯問。

「要抱在一起。」

蜥人女孩是最高大的，她雙爪攬住克拉斯和約翰的肩膀，把他們緊緊摟在懷裡。約翰一直在努力偏開頭。克拉斯問他怎麼了，他說：「你知道嗎？以前我父親教過我，在別人知道我們身分的前提下，血族最好不要把頭伸向對方的肩頸。」

「為什麼，因為對方會害怕？」

「差不多吧，避嫌比較禮貌。我們也不會主動擁抱人類，除非對方不知道我們的身分……」

「只要我同意不就可以了嗎？」克拉斯按照蜥人女孩說的，不僅貼著她，更是緊緊和約翰的身體貼在一起。

「克拉斯……」約翰深吸一口氣，「你有傷口。」

剛才克拉斯劃傷了自己，為了製作那個迷魂劑。約翰本來的意思是提醒他血的味道太重，可是克拉斯卻想到了那瓶簡易迷魂劑。他叫瑪麗安娜稍等，回到櫃子邊把胡椒瓶塞好，放進口袋。也許將來還用得到呢。

蜥人女孩重新摟緊他，同時他的胸膛幾乎和約翰的貼在一起。他們互相摟著對方的腰，約翰一直把頭偏到旁邊。

三個人貼在一起踏出門，站在一個非常狹小的盥洗室裡。克拉斯非常不想在這裡久留，糟糕的是，門口堵著一隻深淵獒犬。

卡蘿琳開車帶蜜雪兒逛了一整個上午。她只請蜜雪兒吃了一個甜筒，剩下的時間幾乎都在幫自己購物。

「妳說妳拿的是那個……叫麗薩的人的副卡？」蜜雪兒幾乎有點同情那個人類。

「是啊，她不愛逛街，卻經常叫我幫她買東西，她說我可以順便幫自己買一點。」

後座都快堆滿了，這叫順便嗎……蜜雪兒斜眼看著那一大堆購物袋。

正說到麗薩，麗薩就打電話來了。

「我知道圖案的意思了。」麗薩說，「具體細節我就不解釋了，反正妳也聽不懂。總之，骨翼惡魔沒回深淵，那是錨，三個點是分支，連接到一個中心。」

「妳這樣說我還是聽不懂啊！」卡蘿琳單手握著方向盤。

「符文是三點對稱，中間有一個圖案，三個點相當於三支錨，中心就是他的老巢，這麼說妳明白了吧。」

「那麼三個點……」

「地下室房間一個，他自己身上一個，他的保時捷上還有一個。」

正因如此，被驅逐時，西多夫才會和他的車子一起消失。

「還有一些事，我剛剛查到……」麗薩突然換了一種語言，像是知道卡蘿琳身邊還有別人。

「哦，好，我知道了，放心吧，我會小心西多夫。」卡蘿琳聽完，掛上電話。

蜜雪兒在後面盯著卡蘿琳的金髮：「西多夫沒有被驅逐成功，對吧？」

「對，他耍了點花招，現在也許還在這座城市。」

「妳們打算怎麼辦？」

「你不知道嗎？我們要釣他出來啊。」

「妳想用我釣他出來？」蜜雪兒聲音顫抖著，「妳瘋了！他是領主級別的惡魔，妳不可能贏得了他！」

「哦，不試試怎麼知道呢？」卡蘿琳挑起嘴角。她當然知道自己打不過領主級別的惡魔，可是她本來也沒打算一個人面對他。

「請讓我下車吧。」蜜雪兒說。

「你要幹嘛？」

「不幹什麼。我身上的縛咒解除了，自由了，我想離開這裡，逃到沒人認識的地方。不瞞妳說，我也稍微懂幾個小法術，我可以不被他找到。」

「你想去哪裡？我可以送你一程。」

「如果不麻煩的話，能不能載我去西灣市的艾菲達機場？」

「你買過機票嗎？」

「惡魔有其他辦法登機的。」蜜雪兒羞澀地笑笑。

「不行，」卡蘿琳說，「我們必須抓到西多夫。」

蜜雪兒繼續央求她，勸她不要試圖和西多夫硬碰硬。在說話時，蜜雪兒雙手交握，手掌漸漸互相分開，一根黑色的尖錐出現在他的掌心。

「我是真的很想離開，不想再和他糾纏下去了……」蜜雪兒的聲音很無力，眼睛卻停在卡蘿琳的脖子上。尖錐不是用來劫持人質的，是用來搶奪車子的。

他找準機會，抬手刺過去。尖錐被卡蘿琳一把握住，她雙手都離開了方向盤，不到半秒的時間，蜜雪兒被她從後座拖到副駕駛座，頭朝下趴在座椅上。

女獵人擰住蜜雪兒的右手，尖錐從他手中掉落，他的幾根手指也被扭曲成奇怪的角度。蜜雪兒忍著疼痛念出一段字元，尾音還沒落下，卡蘿琳拔出靴筒裡的匕首刺向他的肚子，他的念誦聲頓時變成慘叫。

匕首手柄上有個小機關，當卡蘿琳按動它，利刃會再向前伸出一倍。銀質匕首將蜜雪兒頭朝下釘在了座椅上。

車子偏移了一大圈，卡蘿琳立刻重新握住方向盤。同時，她側過身體，伸出一隻腳狠狠踏在蜜雪兒的腦袋上。蜜雪兒被踢昏了過去。

「親愛的，人間種比我想像得還弱啊，比吸血鬼差遠了。」卡蘿琳愉快地看著昏倒的蜜雪兒。

「兀鷲先生，從我身體裡出來吧。」她重新坐好，剛才她的行為嚇得前後車輛再也不敢靠近她。穿著黑色燕尾服的乾瘦幽靈緩緩移出她的身體，對她一鞠躬。

「克拉斯給了你碰觸物品的能力，對吧？」卡蘿琳說，「置物盒裡有絕緣手套，戴上它，拿銀鍊把這個惡魔捆起來擺好。」

兀鷲把蜜雪兒維持著被匕首釘著的狀態轉了一圈，換成頭朝上，然後將他捆住。完成後，兀鷲再次對卡蘿琳鞠躬，緩緩移到後座。

「嘿，你是不是很好奇我為什麼知道？」卡蘿琳的話兀鷲能聽懂，但兀鷲說的她卻聽不懂。於是幽靈管家在後視鏡裡點點頭。

「第一，剛才麗薩告訴我她查閱了很久以前的一起綁架人質案件，那起事件的結尾是——六個綁匪和三個人質都被不明力量扭斷了脖子。」她看了一眼昏迷中的蜜雪兒，「這傢伙，真假參半地撒謊。還有第二點，麗薩在西多夫家裡發現了一些法術筆記和隨筆紀錄，那些東西出自兩個人的筆跡——另一個自然是蜜雪兒。第三點，他說西多夫為了取樂不停殺人，而他很早就受不了？這想騙誰呢？面對深淵的領主級別惡魔，不支持他就算了，還想宣揚什麼善良？那他早就該被幹掉了，我才不信西多夫會留他到今天。而最重要的一點，我對惡魔沒什麼好感，所以一直都在提防他。」

兀鷲乾枯的臉上露出了然的表情，規規矩矩地坐在那裡，低下頭去。

「別擔心，克拉斯不會有事的，我們一定會找到他。」卡蘿琳說，「而且，約翰也一起不見了，其實這是好事。」

在狹小的盥洗室裡很難戰鬥，可是沒人敢開門跑出去。因為一旦跑出去就可能被送到不知道哪間房間，那又要花很久尋找彼此。

蜥人女孩瑪麗安娜嗅著滿房間黑色的血液，嘆息道：「只可惜，這個太新鮮了，不像泥塘惡魔的味道那麼重。」

「我覺得已經夠難聞了……」約翰靠在磁磚上，等待傷口自癒。

「剛才我吃得很飽，這個吃不下了，如果它味道再重一點我還可以考慮嘗嘗……」蜥人女孩惋惜地嗅著深淵獒犬屍體。

「小姐，我們能不能別聊『吃』這個話題？」約翰無力地說。

從昨天傍晚開始，他一直沒有休息，也沒有時間吸血袋。原本他再多餓幾個小時也沒關係，但現在他耗費的體力太多了，還受傷了好幾次，越發覺得飢餓和虛弱。要命的是克拉斯身上還有傷口……約翰現在幾乎不敢看他。

「克拉斯，你的傷口什麼時候能好啊……」約翰無力地問。

「我怎麼知道，人類對這個沒什麼概念。」克拉斯手上的傷口並不深，已經不再流血了，但氣味還是時時刻刻存在著。

「不過，你很厲害，在這種鬼地方竟然只有這麼點小傷。」

克拉斯說：「因為我不和遇到的東西戰鬥，直接逃跑。現在我們出去吧，這地方太窄小了，我覺得不舒服。」

蜥人少女再次抱住他們兩個，三個人摟成一團離開盥洗室。

儲物間、另一個盥洗室、員工公用浴室、客房、閣樓……在閣樓裡，約翰嘗試了一下能不能打破牆壁逃出去，結果不行，大概整棟房子都被魔法保護著。接著他們來到了一間寬闊的房間，屋裡到處都是駭人的大型刑具，棺籠、審訊床、猶大椅，甚至還有一架鐵處女。

瑪麗安娜放開兩個人類，恢復正常的行走姿勢，克拉斯身體晃了一下，被約翰扶住。

「你怎麼了？」

「沒事，突然有點頭暈，現在清醒了。」克拉斯捏著眉心，又揉了一下臉，「大概因為一夜沒睡吧，除了被西多夫打昏的那一小會。」

「他打你了？」約翰緊張地問。

「呃，準確說，不是打昏，是掐昏的。」克拉斯指指頸部，「這個位置是靜脈竇。聽起來很像瓦肯人[2]的絕技，對不對？」

「什麼是瓦肯人？」蜥人少女好奇地歪頭。

「等帶妳出去後，我再慢慢跟妳說。」克拉斯拍拍她的背。

他們在這間房裡也發現了很多屍體，有的是人類，有的是像瑪麗安娜這樣的洞穴蜥人，還有小魔怪和魅魔。種種痕跡表明，那些魅魔的遭遇尤其悲慘，大概因為它們的生命力本來就比人類頑強，所以它們承受的折磨也最多、最久。

只可惜血都乾涸了，而且它們也早就已經死了。約翰惋惜地看著累累屍骨，腦海中關

2 《星艦迷航記》中的一種外星人。瓦肯人的體質比人類強壯很多，擅長掐脖子，一招必殺，乾淨俐落。

於進食的念頭越發強烈。他還能回憶起魅魔血液的口感，那種猶在舌尖的滋味讓他更加飢餓。

他開始使用父母教他的方法：當你覺得很餓，又必須控制自己時，你可以想一些恐怖的東西或危及自己性命的東西。於是約翰在腦中勾畫出卡蘿琳手持長刀的笑容，還想了想《凡赫辛》的系列影集。他頓時覺得清醒多了。

「約翰？」克拉斯伸手在他眼前晃了晃，「我知道你想要血，你很久沒吃東西了……其實我可以讓你咬一口。」

「不，我很好。」約翰皺眉。

「我見過其他血族，我知道你們需要血的時候是什麼樣子。飢餓會影響到你們的行動速度和力量，我們現在還沒脫離這個地方，也許還會遇到很多敵人，所以我真的可以……」

「不行！」約翰的語氣越發嚴厲。

「你是不好意思嗎？」克拉斯問，「沒什麼不好意思的，只是讓你喝兩口，又不會影響什麼。」

約翰繼續搖頭：「你作為人類，一整夜直到清晨都在不停遇到危險，一直沒有休息，你現在看起來也很糟糕。」

「我常常熬夜的，這不是我的最高紀錄。」

「難道你不知道休息不夠充足的時候是不能捐血的嗎？這是一樣的道理！」

克拉斯愣愣地看了他幾秒，然後似乎又清醒了許多，開始扶著瑪麗安娜的背大笑起來。蜥人少女莫名其妙地左右歪歪頭，想不明白到底什麼事如此好笑。

約翰也覺得自己剛才的發言太可笑了：「其實，不止是這個原因……」他假裝繼續觀察房間，踱步走開，「克拉斯，關於血液這件事，我心裡有一條看不見的線。」

「線？」

「是的，我和我的家人都是這樣——我們不進食熟悉的人的血。不管是人類親友和他們的後代，還是同事、朋友、戀人……我們不飲用他們的血。」

「哦？這是為什麼？」

「類似人性的證明之類的吧，我也說不清楚。」約翰搖搖頭說，「總之，這是一條不能輕易跨過的線，一旦跨過，人和人之間的關係就變了，本質上就不一樣了。」

「類似……食物鏈？關係就會從朋友變成『食物』？」

約翰思考了一下，點點頭：「也許是的。」

「你果然是野生的，和那些領轄血族的觀點完全相反。」克拉斯嘆著氣，「他們反而認為，吸取對方的血液是關係更緊密的儀式。」

「也許吧，只是我一時真的接受不了。」

克拉斯走過去拍了拍約翰的肩膀：「好吧，我明白了。但我還是要告訴你，不管你怎麼決定，我並不排斥這些，真的。而且，嚴格說起來，我是你的上司，即使你不得不用我進食，我們的關係也不會變成別的，也許反而會變得更公平呢——我剝削你，你我咬一口，誰也不會占太多便宜。」

約翰也笑起來：「不，你不是那麼凶殘的上司。」

瑪麗安娜一直到處摸來摸去，現在終於又回到他們面前：「兩位，你們能說說我聽得懂的話嗎？接下來我們該怎麼走？」她抬起小爪子，指著牆邊的鐵處女，「這裡有一扇門，我摸到了弧形的門。它似乎很小，你們看看，這是門嗎？」

克拉斯撫摸著鐵處女內壁上的尖刺，鬆了一口氣：「還好，這應該是一扇門，這些刺很久沒被使用過了。」

「這下面是空的？」約翰指了指刑具內部正下方，那裡有個黑漆漆的洞，大概足夠一個人通過。

「處理屍體用的。尖刺能從外面拔掉，有機關能撤掉刑具下方的隔板，直接讓裡面血肉模糊的屍體掉進下水道，這樣比較便於善後。」

「那……我們是要跳下去嗎？萬一這不是門怎麼辦？」

「我們丟一點東西下去。」克拉斯說。

約翰轉身去尋找有沒有手銬之類雜物，瑪麗安娜順手拔下身邊一具屍體的頭。約翰無奈地接過來，負責把它丟進去。鐵處女果然是門，頭顱還沒下落就消失了。

約翰和克拉斯對視了一眼，照舊靠進蜥人懷裡。

Unthreatening Creature Protection Association

Chapter 8

剪影守衛

還有不到三公里就要到艾菲達機場了，卡蘿琳想等的人卻還沒現身。

起初，當蜜雪兒說要去機場時，卡蘿琳本來可以不拒絕，反正她本來就想吸引西多夫出現。可是自從她接了麗薩的電話後，就越看這個惡魔越不順眼，恨不得找機會多揍他幾次。

公路上車很少，偶爾有幾輛大型貨車經過。藍牙耳機裡傳來一個她不太熟的聲音：「小姐，貨車車隊的最後一輛有問題，我感覺到了深淵惡魔的氣息。」

「你是誰？」

「我的人類名字叫洛山達，是最新一批實習生。我是人間種惡魔，筆試那天妳見過我，還嘲笑了我的機車夾克。」

「見鬼，你竟然取名叫洛山達[3]……你怎麼不乾脆叫培羅算了？」卡蘿琳覺得心情好多了，這個笑話可能足夠她再笑三個月，「算了，你在哪裡？」

「在妳兩分鐘前途經的加油站，路邊有個騎機車抽菸的年輕人就是我。」

「你在加油站抽菸？」

「假裝的，我必須看起來像一個壞人。我不能追蹤，既然我能感覺到深淵惡魔的氣息，他也能感應到我的。為了不讓他覺得我是協會的人，我必須假裝在加油站抽菸，這樣顯得比較邪惡。」

3 「洛山達（Lathander）」也有人譯作「蘭森德爾」，是《龍與地下城》（DnD）中「被遺忘的國度」戰役設定中的晨曦之神。此人間種惡魔拿這個名字作為世俗名，所以卡蘿琳才會吐槽他。（「培羅（Pelor）」是該設定中的太陽之神。）

「好吧……」卡蘿琳看著貨車車隊從旁邊車道駛過，從後視鏡裡觀察最後一輛。

「我會拉開距離後趕過去，協會其他人已經在靠近了。」

通話中洛山達的尾音剛落，最後一輛貨車正好呼嘯而過。卡蘿琳明顯感覺到有什麼撞擊到了車頂，但很輕，甚至不影響行駛。兀鷲從駕駛座伸出手，緊緊摟住卡蘿琳，形成第二道安全帶。緊接著，車子被一股巨大力量掀翻，失去控制滾向公路之外。

車子整臺翻了過去，但頑強地沒有變形。卡蘿琳在車身翻滾的幾秒中拔出槍。車身傾倒後，擋風玻璃外出現黑色身影，槍聲也在這一瞬間響起。

兀鷲一手打開車門，另一手飛快地幫卡蘿琳解開安全帶。卡蘿琳像豹貓般靈巧地改變姿勢，在兀鷲的配合下，這一連串動作不過短短幾秒。她的上半身剛離開駕駛座，避開了上一槍的惡魔便再次撲來。

卡蘿琳繼續扣下扳機，她深知不能讓惡魔近身，更不能讓他有機會施法，所以她不停射擊，為埋伏的同伴爭取時間。她的專用銀彈槍是用克拉克18改裝的，帶有容納三十三發子彈的超大容量彈匣。彈芯是爆裂彈設計，會在命中目標後震動爆炸，迸出細小的尖銳銀粒。

西多夫躲開了大部分攻擊，腰側和大腿被擊中，他摸了摸傷口，冷笑著看著卡蘿琳。

「子彈打得太快，用完了？」他輕佻地拋了個媚眼，一步步靠近，「我可不會等妳換彈匣。不過我們可以談談，妳先把蜜雪兒……」

他的話還沒說完，卡蘿琳從腰間拔出皮帶，用力一甩，皮帶伸展成長度是原本三倍的長鞭，煉銀皮帶扣險險擦過西多夫的胸口。

鞭子甩在地面上，發出清脆聲響並揚起塵土。「我不和惡魔談條件。」卡蘿琳說。

兩輛廂型車從公路衝下來，急停在惡魔和卡蘿琳不遠處，麗薩和一個黑髮男子從同一輛車上跳下來，另外一輛車裡走下來的是卡羅爾——魔女血裔的年輕硬漢，現在他也是實習驅魔師。

驅魔師們異口同聲念誦咒語，紛紛將銀色小球拋上天空。它們像浮游炮般沿著特定軌跡飛馳，然後織出一張銀色的巨大細網。

網還來不及落下，西多夫便展開骨翼，與它的覆蓋範圍拉開距離。卡蘿琳毫不猶豫地追上去，揮起鞭子試圖捲住西多夫。但她畢竟是人類，力量不可能比得過惡魔，西多夫像是故意嘲弄她，並沒有躲閃，而是反手抓住鞭梢用力一扯。

驅魔師指揮銀色小球拖著巨網追上去，在網還沒碰到西多夫前，他的骨翼流動著紅光，拖著不肯放手的卡蘿琳衝向天空。

西多夫轉身向地面上的人們張開手，一團火焰在他手心成形。卡蘿琳用左手扔出一枚長釘，正好刺入他的小魚際。那團火閃爍了一下，並沒熄滅，西多夫繼續向空中疾衝，目光回到卡蘿琳身上。

突然，一隻龐然大物橫掠而過，張口咬住西多夫的身軀。西多夫鬆開手，卡蘿琳抓著長鞭落向地面。她在空中轉了幾圈，地面上的驅魔師們同時念起咒語，減慢她下落的速度。

發起突襲的是一隻巨大的、帶有翅膀的長尾動物。牠的尖牙刺入西多夫的身體，雖然這對惡魔而言並不致命，卻足夠讓他痛得無法施法。

「那是什麼？」卡蘿琳已經落回地面，「風神翼龍嗎？」

「不是風神翼龍，那是羽蛇神。」麗薩說。

「羽蛇神？真的有羽蛇神？協會裡還有羽蛇神？」卡蘿琳一臉世界觀受到衝擊的表情。

麗薩搖搖頭：「不，我們當然沒有羽蛇神，這隻是史密斯變的。」

卡蘿琳的表情像是世界觀受到第二次衝擊。

雖然史密斯不是真正的羽蛇神，並不能獨自對付惡魔，但在他的牽制下，西多夫沒能躲開銀色巨網。交錯的網格從惡魔身體裡來回穿梭了好幾次，將他從天空中扯落。

「羽蛇神」緊跟著他一起墜落下來，用體重壓住他。驅魔師們一擁而上，跟著麗薩的黑髮男子將一管藥劑注射進西多夫的頸部，不出幾秒，西多夫不再動彈。

翻倒的 **Land Rover** 裡，兀鷲發出叫喊。蜜雪兒已經醒了，趁其他人不注意，他施法掙脫了銀鍊和匕首，已經爬出車子向公路跑去。他身上帶著傷，驅魔師們並不著急，紛紛拿出銀筆開始畫「檻車」法陣。

還沒等他們畫完，剛跑上公路的蜜雪兒慘叫一聲，被重型機車撞飛。名叫洛山達的人間種惡魔摘下頭盔，自豪地對驅魔師們飛吻。

經過了鐵處女後，克拉斯、約翰和瑪麗安娜又走過了好幾個房間，遇到了不少奇怪生物。現在他們出現在花房溫室裡，牆壁是透明玻璃，古典鐵藝架子上盤繞著玫瑰花。現在是白天，他們能看到晴朗的天空和耀眼的陽光，但就是無法打破玻璃離開。

院子裡有數十隻低等惡魔和小魔怪，甚至有一頭拴著粗鐵鍊的食人妖。這些東西也看得見溫室裡的外來者，它們圍著透明溫室不停拍打玻璃，同樣沒辦法進來。

突然，它們的拍打停止了，紛紛疑惑地左顧右盼，被鎖著的食人妖開始用力拉扯鐵鍊，嘶聲號叫。

「它們怎麼了？」約翰驚訝地看著外面。

瑪麗安娜歪著頭傾聽：「它們很興奮，我從沒遇到過。它們平時不這樣的。」

「束縛變弱了。」克拉斯指著食人妖手裡的鎖鍊，「看，它幾乎快把鍊子拔出地面。如果以前它做得到，它早就逃走了。現在這個地方對它們的束縛變弱了，它們能感覺到。」

「是西多夫？」

「也許是，要不是他瀕死，就是他想放棄這裡。」

他們繞過百合花圃，找到花房裡的一扇小門。門是通往室外的，幾隻低等惡魔正因束縛減弱而竄來竄去。

斜後方的花叢傳來窸窸窣窣的聲音，三人慢慢回頭，看到花叢裡爬出一隻鱷魚，而且是巨大的尼羅鱷。

「你打得過鱷魚嗎？」克拉斯問約翰。

「我沒打過，」約翰指了指門，「可以選擇不和牠打嗎？」

瑪麗安娜輕轉著頭部，突然尖叫起來：「我們快離開這裡！」

在她的尖叫聲中，鱷魚的前肢伸長，身體揚起，迅速抬起頭，巨大的嘴張開成一百八十度，喉嚨中伸出一層灰白色的內巢牙。

鱷魚在陸地上本該是用四肢移動的，但這隻生物顯然不是鱷魚。牠縮緊後肢肌肉，像蛙類一樣彈跳，向門前的三人猛撲過來。

約翰已經推開門，一手摟緊克拉斯，但瑪麗安娜卻沒有向他伸出爪子。她甩動尾巴，抽中「鱷魚」長有內巢牙的口器，鱷魚的外顎猛地咬合，瞬間撕下了瑪麗安娜的尾巴，巨大的蜥蜴尾巴在牠嘴裡掙扎，迫使牠倒退幾步。

克拉斯和約翰同時向瑪麗安娜伸出手，緊緊握住她的爪子。她跑過來，把他們抱在胸前，一起撲向門外。

經過門的瞬間，克拉斯感覺到身後一熱。他們一起摔在堅硬冰冷的磁磚上，濕熱的液體浸透了克拉斯的襯衫。

「瑪麗安娜！」約翰翻身坐起來，發現蜥人少女的傷處並不止尾巴。在他們撲向門的瞬間，怪物的內巢牙再次伸出，咬上了瑪麗安娜的後背，撕開一個巨大的血洞。

「鱷魚」沒有跟過來。瑪麗安娜張著嘴，細長的舌頭無力地垂下，她的傷非常嚴重，從背後透過骨頭幾乎能看到腹腔。

她斷斷續續地說：「房間……房間……」

「噓，別緊張，別說話。」克拉斯抱緊瑪麗安娜，想為她保溫，「沒事的，我們一定會救妳，我答應過會帶妳出去。」

瑪麗安娜微弱地搖搖頭，堅持說：「這是……我去過的房間，有風，有人進出……」

克拉斯和約翰對視，蜥人繼續說：「但是有守衛……」

這裡是一間室內游泳池。燈只開了幾盞，池水看上去很乾淨，映得牆壁上都是搖動的水波。

「約翰，幫個忙。」現在克拉斯沒空思考守衛以及出入口在哪裡，一心只想救瑪麗安娜。

「我幫不了，她是蜥人，她無法被初擁……」約翰說。

「不，我不是叫你轉化她。」

只有人類能被初擁。動物或超自然生物要不是變成毫無智商的血僵屍，就是當場死亡，有的甚至會反過來傷害吸血鬼。克拉斯當然知道這一點。

克拉斯抓住約翰的手腕，望著手指上鋼片般的指甲。他猛地伸出另一隻手，用約翰的指甲劃破手臂，造成很深的傷口。約翰驚叫一聲，想站起來走開，克拉斯卻拉著他不放。

「約翰，幫我挖出她的心臟，趁她還有呼吸。」

約翰震驚得脊背發抖：「什麼？」

「我知道一種法術。」克拉斯捂著自己的傷口，做好準備，「能把瀕死之人的靈魂固定在其心臟上，然後這顆心臟會因為靈魂的驅動而保持活性，大約能維持三至七天。如果在心臟乾枯之前，靈魂找不到新的宿主，她才會死。」

克拉斯用力抓著約翰的手腕：「快點動手！繼續耽誤下去我就沒辦法救她了！」

約翰用尖牙咬了一下自己的舌頭，迫使自己保持冷靜，並且移開視線，不去看克拉斯的血液。

他伸出右手，鋒利的指甲剖開瑪麗安娜的胸膛，抓住緩慢跳動的心臟。

這是個很古老的巫術。不是驅魔師的魔法，而是在黑暗時代之前就被禁止的真正巫術。

過去，巫師們常把它用於俘獲瀕死敵人的靈魂，將其帶回去折磨或作為其他研究。它要求的材料是施法者的血。方法是快速剖出臨死之人的心臟，在心臟還沒徹底停止跳動前，施法者將血緩緩灑在心臟上，同時念誦咒語，血越多、越均勻，法術就能維持得越穩固。

直到今天，驅魔師和其他古魔法研究者們都不贊同使用這個法術。甚至也有些研究者根本不願提到它。因為帶著靈魂的心臟需要找另一副身體才能復活，這副身體要不是比較新的死屍，就是必須透過殺害活人獲得。

約翰遠遠地躲開，臉朝著牆角。鮮血的氣味太濃了，他的胸膛不停起伏，手幾乎摳掉牆上的磁磚。

克拉斯念誦著咒語，不斷擠出血液淋在瑪麗安娜的心臟上。心臟的跳動速度逐漸加快，直到變得和在人體內部時的節奏一樣。

「如果傑爾教官知道我幹了這個，搞不好會揍我。」克拉斯結束施法，捧起心臟。

約翰脫下外套丟過去：「把它包起來吧。還有，他為什麼會揍你？」

「它不是什麼好東西。」克拉斯說，「一般的法術要求你使用材料或藥劑，而這類巫術要求的是獻祭。在魔法的起源理論中，血液就是最基本的祭品，咒語則是用來控制儀式的。」

約翰非常同意「它不是什麼好東西」這一點，現在濃烈的鮮血氣味讓他頭暈目眩。

「克拉斯，你到底為什麼會去研究法術呢？」約翰想找點其他話題，「據我所知，普通的現代人根本不會接觸這些。」

「大概是家族傳統。」克拉斯說，「我母親是法術專家，當時的協會發現了我們，並接觸我們，我自然而然也開始為協會工作。」

「我沒聽你提起過你母親……她也是協會的人？」約翰問。

「是的，幾年前她去美國的辦公區當教官了。我現在的房子是她家族的遺產，以前她不住在這裡，而是和我父親住在巴蘭尼亞，後來我們才搬到這裡。」

「巴蘭尼亞在哪裡？」

「匈牙利。」

「你父親是匈牙利人？」約翰發現聊天是個好辦法，現在他的精力分散許多了。

「應該是吧，我父親很多年前就因為事故而身亡了，那時我還很小，大概不超過五歲。我不太記得那麼久以前的事，對匈牙利也沒什麼印象了。我是在郊外那棟屋子長大的，幾乎沒離開過西灣市。」

「很抱歉……」約翰低下頭，「我是不是問太多了？」

「沒什麼，太久了，難道你能記得五歲前的事嗎？」克拉斯對他笑了笑，用約翰遞來的外套包好心臟，再用其中一條袖子纏住自己手臂上的傷口。

克拉斯想走過來，約翰卻故意拉開距離。克拉斯笑了笑，不再堅持。

他們面對游泳館內的兩個出入口以及一條員工通道，還有一排貴重物品保管櫃。

「如果這裡真的有出口，到底是在哪裡？」

卡蘿琳氣呼呼地從隔離室走出來，把帶血的匕首丟在地上。

「我受不了了！那個變態叫得像在享受似的！讓我感覺自己是俱樂部女王而不是獵人！」她滿手都是血，麗薩遞給她一張濕紙巾。

西多夫不肯說出克拉斯在哪裡。雖然從他的態度上，所有人都明白約翰和克拉斯被他監禁著。

即使有讀心能力的史密斯在，大家也仍然拿西多夫沒轍，因為變形怪能讀取的是表面思想，而不是刻意被隱瞞的東西。如果對手是人類，他還有可能透過誘導知道某些訊息，而惡魔在抵抗這些事上非常擅長。

「那蜜雪兒呢？」麗薩看向另一個方向，史密斯剛從其他隔離室走出來，同樣正在擦手。

變形怪抬起手：「看，我新做的立體彩繪指甲就這麼壞掉了。」

「夠了，你可以把它再變回去。蜜雪兒說了什麼嗎？」卡蘿琳問。

「他什麼都說了，連在客人的酒裡下藥都告訴我了，只可惜沒有任何有價值的東西。他知道西多夫的『錨點法術』，但他不知道老巢在什麼地方。」

這時，一直跟著麗薩的黑髮男子說：「如果需要的話，讓我們試試吧？也許有辦法。」

卡蘿琳原本以為他是某位沒見過的驅魔師，現在才想起問他的身分。男子回答：「剛才沒有向您自我介紹，請原諒我的失禮。我是路希恩．黑月。」

麗薩有些尷尬地低下頭：「這位是我的哥哥。」

她對同事提過這位兄長，只不過沒人見過路希恩。路希恩比麗薩大十二歲，平時在大學裡工作。仔細看，麗薩和他確實很像，除了髮色和瞳色一致之外，那種整天穿著正裝、戴著眼鏡、一本正經的氣質也很像。

路希恩消瘦高䠷，穿著襯衫、毛衣背心和西裝外套，戴著無框眼鏡——這點也和麗薩一樣。不過，他看起來比麗薩沉悶多了，麗薩像天天穿正裝的大公司職員，路希恩則更像蒼白病弱的舊時代貴族。

他站起來，左右看看：「請問你們有常用手術器械用具嗎？」

傑爾教官正好走過來，靠在牆邊回答：「我得去倉庫找找，也許有，但不會太齊全，只有外科用的幾種。」

「好的。請問有手搖鑽嗎？」

「呃，什麼？我們有衝擊鑽……」上次拆電梯門時他們曾經用過。

路希恩微蹙著眉毛搖頭：「不不，不要那種。我是說，開顱手術用的那種手搖鑽。」

所有人都看向麗薩，帶著「你哥哥到底是什麼人」的表情。

路希恩叫麗薩過去商量，兩人討論了很久，像是在商定「手術」方案似的。最後他們達成了一致，傑爾教官和櫃檯女孩也找來了他們想要的器械。

「我有個方法，也許能幫助你們的同伴，但我不保證有用……」路希恩說話聲音很輕，就像渾身沒力氣似的。

「你做就是了。」麗薩說。然後她看向協會的同事：「大概是這樣的，黑月家有個方法，能強迫別人施法。比如，有的法術只能由施法者自己改變或終止，而精神控制又對他們無效，那麼我們的方法則可以強迫他們施法，強行調動他們的力量。」

「就像操縱提線木偶？」卡蘿琳問。

「不，更像恐怖片裡邪教精神病院虐待病人的情節……」麗薩說完，嘆口氣，看了一眼路希恩：「我當你的助手？」

「妳來做，我當助手。」路希恩說。

麗薩搖頭：「我做不了這個。」

「妳可以的。如果妳不做，我也不會做，我可以現在就離開。我之所以同意來幫忙，就是為了讓妳有所進步。」

其他人有些疑惑地看著這對兄妹，任誰都看得出他們之間的氣氛有點微妙。路希恩不是協會的人，甚至以前從未出現，他使用魔法時十分熟練，甚至比協會的驅魔師更加優秀，這大概和他出身於黑月家族有關。

黑月家族幾乎每個人都是魔法研究者，但他們不願介入任何超自然事件。他們與獵魔人組織、血族領轄、協會、各地的零散研究者都有聯繫，他們研究魔法、掌握魔法，但極少用它做什麼，也不熱衷於拯救或獵殺。

麗薩曾經對卡蘿琳私下抱怨過，她說她的家族氣氛沉悶，就像把高中生涯裡全校最無趣的學生聚集在一起。

現在麗薩看著那些手術器械，又看看路希恩，塌下肩膀。她不願意親手做的原因很簡單：這個法術相當殘忍。雖然她並不憐憫惡魔，但施術過程實在太過血腥了。

研究西多夫的錨點法術圖紋時，她求助了兄長路希恩，並且希望他提供施法上的幫助，畢竟他們要對付深淵種惡魔。

路希恩同意了，但條件是「要讓我看到妳獨居的這幾年仍有所進步」。

黑月家唯一的愛好就是大隱於市，在掌控魔法的路上不斷前進。麗薩沒有再爭辯，她知道自己的兄長確實可以隨時轉身就走，而他們需要他的幫忙。

兄妹兩人走入隔離室，關上門。起初，外面的人聽到西多夫在輕佻地取笑他們，接著他開始辱罵，最後變成慘叫……漸漸地，連慘叫聲都沒有了。

「二十八樓的公司會不會聽到？」史密斯望著隔離室。

「應該不會，我們做了整層隔音。」傑爾教官說。

黑月家的兄妹強行使西多夫身上的錨點法術再次運作。他身邊漸漸出現懸浮的火焰箭矢，那是錨點中心被喚起的標誌。

惡魔血做成的箭矢能把目標「釘回去」，就如同在海裡拋下船錨的動作。錨點只承認最初施法者的血，以及只能被施法者啟動。就算其他人懂得施法，能弄到施法者的血液，那也無濟於事。而黑月家的法術有辦法強迫西多夫啟動錨點。

「錨點準備好時，中心——也就是老巢那裡的門會打開，等著迎接施法者。如果你們的同事能抓住機會，就可以逃出來。」路希恩說。

他的眼鏡片和臉頰上沾著幾滴黑色的血，讓皮膚顯得更加蒼白。

麗薩站在被束縛著的惡魔身邊，咬緊嘴巴一聲不吭。眼前的畫面慘不忍睹，而西多夫仍然活著。

她當然很想救約翰和克拉斯，也並不同情惡魔，可是她心裡卻總有什麼東西在否定這一切。她閉上眼睛，強迫自己暫時不去思考。

與此同時，在不知名的廢棄酒店裡，地下游泳池水底泛起紅光。

畫有「深淵挖掘者」圖樣的符文在水中亮起。隔著水面，一陣風吹進屋子，帶著樹木與泥土的清香。風是從水裡吹上來的。這毫無科學邏輯，但它確實發生了。克拉斯抱緊那顆心臟，和約翰小心地靠近。

「瑪麗安娜說這裡有守衛，」約翰警惕地看著池水，「難道守衛不在了？」

克拉斯扯著他的手臂：「約翰！退後！」

約翰看到的是池水，克拉斯的眼睛看到的則是另一幅畫面。池底的磁磚縫隙在輕微晃動、上浮，越來越接近水面。

當它浮到一定高度時，連約翰也能看清了。水底磁磚拼出的網格狀線條並不是「線條」，而是浮於池底的網。同時，排水口處出現一個黑點，起初很小，隨著風聲與外部空氣湧入，它也越來越大，變成了類似蜘蛛的生物，有半個泳池那麼大。

它通體漆黑，毫無細節，只有蜘蛛的輪廓而沒有身體結構，就像巨大的剪影。

「這是什麼？」約翰把克拉斯擋在身後。蜘蛛和它的網只是在看守池水，並沒有要撲上來攻擊的意思。

「可能是地獄影蛛……但西多夫是怎麼搞到地獄生物的？」克拉斯觀察著它，「或者，也可能是毒幽影的蜘蛛形態？我不知道它究竟是哪一個。」

「你分不出來嗎？」

「誰會天天看見這種東西啊，我也只在一些著作上看過。」

突然，儲物櫃的方向發出悶響。某格櫃子裡爬出一隻小魔怪，似乎也是順著隨機的門跑到這裡來的。

平時，小魔怪和其他怪物守衛畏懼惡魔主人，不敢輕易出現在這裡，但現在西多夫的力量明顯衰弱，整棟房屋的東西都在渴望自由。小魔怪顯然是想盡快離開這裡。它衝向池水，瞄準黑色網格的空隙。

就在它撲向水面的剎那，網格瞬間向它收緊，它被牢牢黏在網上，無法掙脫。巨大的蜘蛛剪影向它低下頭，小魔怪尖銳地慘叫起來。

「我們該怎麼辦？」約翰問。

為了避免還有什麼危險的東西衝進來，克拉斯拿出簡易迷魂劑擺在池邊。他剛擺放好，斜對角的門裡就衝出一隻深淵米諾陶洛斯，同側的出入口裡則跑出三隻泥塘惡魔。克拉斯希望藥瓶能暫時吸引深淵怪物，果然，它們都搖搖晃晃地向著小瓶子走去。

他抱好心臟，確保它的安全，然後回到約翰身邊：「還能怎麼辦？解決掉怪物和蜘蛛，我們才能離開這裡。」

「但是它們太多了……」

「只有蜘蛛比較麻煩，至於別的東西……我相信你的能力。」說著，克拉斯往前走了一步。約翰身後是牆壁，他暫時無處可退。

「你現在太虛弱了，你必須進食。」克拉斯向他仰起臉，露出脖子上的肌膚。

Unthreatening Creature Protection Association

Chapter 9

輾轉的歸途

約翰的胸膛不斷起伏，眼睛無法離開克拉斯的脖子。血的味道近在咫尺，而且對方還邀請他進食……在飢餓和疲勞中，幾乎沒有幾個年輕血族能抵抗這種誘惑。

「克拉斯，我……」

約翰的指尖開始顫抖。他知道自己現在變成了什麼樣子：雙眼鮮紅，瞳孔縮成針尖大小，膚色徹底失去平日接近於人類的顏色，變得蒼白發青。

如果可以的話，我想吻他的脖子，而不是咬——在用力抓住克拉斯的肩膀時，約翰的腦海深處冒出這麼一句話。

即使在很久之後，他都不確定這個念頭算是「尚存的人類理智」，還是「理智消失的副作用」。現在，他連思考的餘裕都沒有，那句話被本能徹底壓制下去，埋在最深的角落。

他將克拉斯按在牆上，俯身埋在他的頸間。克拉斯小小地顫抖了一下，接著馬上又放鬆下來。

「原來真的不疼啊……」克拉斯的聲音很微弱，約翰現在聽不見。

越過約翰的肩膀，克拉斯看到池邊的惡魔們正在躁動。也許是蜘蛛給它們的壓力太大，它們沒辦法專心於迷魂劑……克拉斯模糊地想著。他的思考也沒能持續很久，因為缺乏休息，以及連續失血——要算上對蜥人心臟施法的那次——他的意識漸漸模糊，身體也癱軟下去。

約翰用手臂摟緊他的後背，不讓他滑倒，這簡直像影視與小說裡最標準的血族進食畫面。

針筒和血袋能滿足食欲，但無法滿足獠牙。吸血鬼的尖牙渴望刺破皮膚，就像人類也有渴望擁抱的肌膚飢渴症一樣。約翰已經太久沒用過牙齒了，他一時有些沉醉。

突然，有個畫面流溢進他的腦中。

他不知道那是什麼，也不知道這情況很奇怪，只能默默接受。

起初是逼仄的四壁與一片漆黑。有人帶著他走過狹長的通道，拱形木門緩緩打開，刺眼的光芒流瀉進來。他看到叫不出名字的儀器和工具，美麗的金髮女性對他柔聲細語，空氣中咖啡的香氣與血腥味混合在一起。

人們走來走去，說著他聽不懂的語言，他也在吼著某個單詞。短暫的漆黑後，他又看到另一個畫面。他在奔跑，荊棘割破皮膚，夜梟掠過枝頭，風聲與慘叫聲時近時遠，如同歌聲中魔王在呼喚父親懷裡的孩子。前方有人催促他，握住他的手，伸出雙臂想要擁抱他。

像被剪得太零碎的底片般，這一段視野也沒能持續多久。他看到無邊無際的天空，腦袋旁邊不知名的白色花朵輕輕搖曳著，有個男人的聲音在他耳邊說：**有些事我必須去做，我不能繼續保護她了，請再幫我最後一次……**

然後是一片寂靜。

身後傳來一聲嚎叫，約翰猛地顫抖了一下。

血族在進食時的防備很弱，但他們有察覺危險的直覺。這種直覺讓他停了下來，瞬間恢復清醒。他摟緊克拉斯，發現對方已經失去意識。

約翰的腦子一團混亂，他幾乎無法判斷現在該優先確定克拉斯沒事，還是先面對惡魔。

情勢容不得他選擇。蜘蛛靠近池邊，泥塘惡魔發出難聽的咳咽聲，彼此推擠著，驚慌之下打翻了胡椒瓶，小瓶滾動著落進水裡。深淵米諾陶洛斯甩甩頭，它發現了屋裡似乎有食物——兩個帶著血腥味的外來者。

深淵米諾陶洛斯和人類神話傳說裡的米諾陶洛斯不一樣，它們不是素食者。深淵米諾陶洛斯最愛吃面部，像嚼草葉一樣咀嚼五官，不管是人類或其他怪物的。

「等我。」約翰把克拉斯輕輕放在牆邊，吻了一下他的頭頂。

深淵米諾陶洛斯低頭向他們衝過來，約翰一把握住了怪物的尖角，順勢將其壓倒。泥塘惡魔也圍攏過來，它們當然不是約翰的對手，被逐個丟向池中。黑色網格立刻黏住它們，蜘蛛的口器向它們緩緩逼近。

深淵米諾陶洛斯趁約翰對付泥塘惡魔時爬了起來，朝牆邊的克拉斯撲過去。它的喉嚨被由後向前刺穿，在距離克拉斯三步遠的地方重重倒下。

約翰把手從烏黑的血肉中拔出來，抬起頭，發現克拉斯已經睜開了眼睛。

「用它的角。」克拉斯簡短地說。

約翰立刻領會了他的意思。他從屍體上撕下深淵米諾陶洛斯的角，用它當作武器。他要做的不是擊敗蜘蛛，而是破壞網格。這不太容易，角總是被黑色的線黏住，他好不容易才扯開一塊裂隙。

泥塘惡魔還在掙扎，蜘蛛的注意力也暫時在它們身上。約翰回到牆邊摟住克拉斯，利用自己身為血族的迅捷動作一瞬間躍入縫隙。黑色線條感覺到有新的獵物靠近，在後面蜿蜒追擊，只差一點就能黏住他們的腿。

幾聲鳥鳴傳來，地上的樹葉被推擠得簌簌作響。再睜開眼睛，他們躺在黃昏的樹林中。

約翰緊緊摟著克拉斯，克拉斯則把蜥人的心臟抱在胸前。他們躺了幾秒才緩緩爬起來，身上的衣物沒有被水浸濕，周圍也不再有蜘蛛和惡魔。

「我們在哪？」約翰四下環顧，這裡像是無人居住的荒野叢林。

「要先找到有人居住的地方。」克拉斯說，「西多夫的老巢可能距離西灣市很遠，他自己用『錨點』回去時可以直接被送入建築內部，而我們從裡面出來……不一定會回到原本的地方。」

克拉斯很虛弱。對於一個長時間缺乏睡眠、缺少食物，還大量失血的人類來說，還能站起來走路已經相當不容易了。約翰現在倒是恢復了體力，想到剛才的進食，他感到羞愧不已，而在這種羞愧中，他隱約感覺到有什麼地方不太對勁。

他曾經看到幻覺。雖然不能回憶起幻覺的每個細節，他仍記得大致畫面。在畫面最後還有個人說了一句話，現在他想不起來了。

在一些影視作品和小說裡，血族在使用獠牙吸血時能看到對方的片段記憶。其實這只是個浪漫的幻想，吸血鬼根本做不到，除非他們被對方反過來侵蝕。

被吸血時，「食物」會陷入一種酥麻的癱軟狀態。而進食者也好不到哪裡去，如果他咬的是一個靈魂過於強大的生物，而這個生物此時決定要控制他，他會很容易被制伏。魔女血裔的男學員就自豪地說過，他的祖先曾引誘吸血鬼進食，趁對方沉醉於血液時，將一系列混亂的記憶和控制律令糅合在一起，先讓對方感到混亂，再將律令植入其靈魂，反過來控制這名血族。

約翰很確信克拉斯並沒有控制他。除此之外，更讓他疑惑的是，他從克拉斯的血液中獲得的力量太多了，幾乎不像普通人類能給予他的。也許因為克拉斯是真知者……約翰這樣告訴自己。

現在不是聊這些的時候，關於那段幻覺，他打算回到協會後再慢慢告訴克拉斯。

天色暗下來後，他們發現了密林中的小路，順著小路，他們看到了那間廢棄酒店。酒店應該是六〇年代之前的建築。克拉斯說它的外牆上有隱形咒文，從大小規模來看，這應該就是剛才他們所處的地方了。他們已經離開，而此時這棟房子內部一定還有無數低等惡魔異怪仍在掙扎廝殺。

「就算只是遺跡，至少也能說明我們距離文明世界並不遠。」約翰說，「先離開這個地方吧。」

克拉斯點點頭：「剛才，你的語氣特別像貝爾．吉羅斯[4]。」

「那是誰？」

「你沒有看過他的節目嗎？就是那個什麼都吃過的英國特種兵。」

4 愛德華．邁克爾．吉羅斯（Edward Michael Gryll），網友暱稱「貝爾（Bear）」或「貝爺」，英國探險家、作家和電視主持人，以拍攝求生系列節目《荒野求生祕技》聞名。是一個站在食物鏈頂端的男人。

在協會辦公區，櫃檯女孩放起了搖滾音樂，把聲音調到最大，打開每個房間的喇叭。因為隔離室裡的慘叫聲真的太大了，他們怕被臨近樓層的公司聽到。

幾小時前，為了活命，西多夫最終還是妥協了。他能感覺到克拉斯和約翰已經離開了自己的老巢，自己再堅持下去也沒什麼意思。他同意說出那個地方的位置方便協會前去營救，條件是讓他活著。協會的人同意不殺他，但要把他驅逐回深淵。失去反抗能力的西多夫任憑驅魔師們畫好法陣，等待被驅逐的時刻。

「除此之外，我們還要做一件事。」在法陣已經開始運作時，路希恩走向西多夫。他繞到惡魔身邊，拿出銀色的利刃，開始切割那對骨翼。西多夫開始慘叫，屋外的傑爾教官和其他工作人員聽得目瞪口呆。

過了一會，慘叫聲終於停止。路希恩割掉了惡魔的骨翼，在傷口露出的肩胛骨上刻下符印，讓西多夫將來再也無法回到人類世界。

隔離室的門被推開，卡蘿琳走了進來，手裡還拖著被銬住的蜜雪兒。

「嗨，惡魔。為感謝你的幫助，再送你一個福利。」她用力一推，把蜜雪兒也丟進了逐漸亮起紅光的法陣。

傷痕累累的西多夫露出笑容，這是十幾個小時以來唯一一件值得高興的事了。

蜜雪兒想跑出法陣，最終還是沒來得及。西多夫抓住他的腳踝，把他拖回身邊。紅光吞噬了他們的身形，深淵的氣息溢滿整個房間，再瞬間收縮，隨著地板上的紅線一起消失。

「祝新婚快樂！」卡蘿琳對法陣最後的一絲亮光說。

「現在我們該考慮怎麼找克拉斯和約翰了。」回到小會議室，傑爾教官打開電腦搜索地圖。

路希恩對接下來的談話不再感興趣，他和人們告辭，由麗薩送他下樓。

卡蘿琳望著那兩個穿著正裝的背影。如果不是因為年齡差距太大，黑月家的兄妹有點像同一個人的不同性別，同樣的髮色瞳色，同樣嚴肅文雅，但路希恩的溫文非常冰冷，麗薩就顯得暖和多了。

會議室裡，傑爾教官和其他工作人員的討論還在繼續。

「克拉斯沒有帶手機，約翰的手機無法接通。我們不如直接過去找他們？」

「也只能這樣了。範圍太大，肯定很難找到。」

「也不一定，如果他們成功逃脫出來，應該在附近的村莊。有約翰在，吸血鬼的嗅覺堪比獵犬，他們很快就能走出樹林。」

「剛才惡魔說他們在哪？」卡蘿琳問。

「在惡魔的祕密基地裡。當然，現在他們應該逃出來了……」櫃檯女孩艾麗卡打開筆記型電腦，「需要立刻辦理證件和購買機票嗎？」

傑爾教官點點頭：「好的，盡快吧。還有，那邊沒有協會的分部，我們最好聯繫當地的獵魔人組織，讓他們幫忙留意一下。」

「還需要機票？他們兩個到底在哪裡？」卡蘿琳湊到螢幕前。

「在羅馬尼亞，多瑙河三角洲。」

凌晨時，約翰和克拉斯找到了村落。克拉斯獨自前去求助，約翰則不想離開樹林。如果一起去求助，他一整天都必須在當地人面前偽裝成普通人類，這實在太累了。

約翰負責保護瑪麗安娜的心臟，克拉斯留在村莊。這些人說的語言克拉斯聽不懂，有的人會講俄語和德語，他只能聽懂少許單字。直到有個中年人帶他去見附近的治安官，他才發現自己竟然在羅馬尼亞。因為辦公室裡有國徽標誌。

太陽再次下山後，克拉斯悄悄回到樹林。約翰藏匿自己的本事和野生動物差不多，是他先找到了克拉斯。

「需要進食嗎？」克拉斯解開領子問。

約翰緊張地看著他：「不、不用。今天我一直把自己埋起來睡覺，沒什麼消耗。」

他看著克拉斯脖子上的痕跡，小小的淺色紅斑，比起咬痕，不如說更像吻痕。如果只是進食而非攻擊，血族的獠牙通常不會造成太大的傷口，他們的咬傷比普通割傷癒合得更快。約翰移開目光，繼續說：「之前發生的事屬於特殊情況，我還是堅持不想使用你的血液。」

說這些時，他無法不想起吸血時看到的幻覺。按理來說，那不可能是克拉斯的記憶，因為幻覺中他看到的肢體並不是克拉斯的，畫面中的事物也與克拉斯的人生經歷不符。

「好吧，那今晚我們可能要費點體力。」克拉斯拍拍約翰的肩膀，叫他跟著過去。

「什麼？」約翰頓時緊張起來，什麼叫「費點體力」？

克拉斯走了幾步，回過頭慢慢地說：「不是你想到的……那個意思。」

「我沒想什麼！我只是以為……只是以為你的意思是這裡還有惡魔……」約翰跟了上去，幾乎誤以為真知者也變得像變形怪一樣會讀心。

克拉斯帶著他走了很遠，幾乎繞過整個村鎮。這一帶的居民有些生產手工藝品，也有的靠河流捕撈為生，到了夜間，整個聚居地區沒有幾盞燈光。在缺少照明的樹林小路上，克拉斯只能拉著約翰走，他的眼睛雖然能看穿很多偽裝，卻看不清夜路。

手心裡是溫暖而柔軟的觸感，約翰很久都沒說話。即使在很久之前，在他還是人類的時候，他也很少拉著別人的手，更別說是一位男性了。他知道自己的想法。此時此刻，他很清楚克拉斯對自己來說和其他人不一樣。但他暫時不願意去確認這件事。他知道伯頓的悲劇，甚至有點懷疑自己的心態是否屬於吊橋效應下的產物。

「約翰，我恐怕要請你做一點你不願意做的事了。」這時克拉斯說。

「什麼事？」

「你看過《超自然檔案》嗎？」

「看過一點。演員不錯，但故事實在太暴力了，我沒看完。」

克拉斯難以置信地盯著他好一會，說：「好吧，主角對你來說可能太恐怖了……你記得那些主角經常做什麼嗎？」

「打打殺殺？」

「不，挖墳墓。」

在他們到這裡的當天，河灘森林一帶舉辦過葬禮。這裡的原住民有不少還維持著土葬習俗，墓地距離居住區有一段距離。

「我們去把昨天下葬的屍體挖出來給瑪麗安娜，然後連夜離開這裡。我已經知道公路在什麼方向了。我們沿著公路去最近的城鎮，然後打電話聯繫協會，協會可能會讓這個國家的獵魔人接應我們……」克拉斯邊走邊交待著計畫。

「這會不會犯法？」約翰問。

「也許吧，但真的沒有比她更適合的了。」克拉斯說的「她」是指他們即將挖掘出來的屍體，「她沒有親人，因為種種原因，死後被以面部朝下的姿態下葬。如果要挖有親人的屍體，我也會有心理負擔的。如果是她應該還可以。」

「面部朝下下葬？」

「是的，這是一種傳統。以前羅馬尼亞有很多關於你們——關於吸血鬼或吸血屍體的傳說。有些人死後，會被以面部朝下的姿態埋葬。如果他們的屍體甦醒，它就會向地下啃噬挖掘，這樣活人就能幸免於難。」

約翰笑了起來：「天哪，這可能沒用，哪怕是沒智力的血魔也知道要翻身啊。」

「當然沒用了。而且，現在村民這麼做並不是出於愚昧，只是沿襲傳統而已，生前符合某種條件的屍體就會被這樣埋葬。」

「你確定要挖嗎？」到了墓地附近，約翰從枯葉和薄薄的軟泥下找出一把鐵鍬，是克拉斯事先藏好的。

「那具屍體很新，一定很適合。」

「可是，你要怎麼把心臟精確地放進去？這屬於精密手術啊。」

克拉斯笑著搖頭：「不，我不需要幫她移植心臟。法術保存和移植的是靈魂，心臟只是容器。」

萬籟俱寂的深夜，距離原住民村落不遠的黑暗樹林之外，成片起伏的古老墓地裡，棕髮的年輕人正以快得不可思議的速度挖掘一塊新墳。墓碑邊站著另一個人，他手裡捧著一顆鮮紅的、仍在跳動的心臟。

如果被人看到這一幕，肯定會把這當成羅馬尼亞吸血鬼存在的確鑿證據。當然，實際上他們其中之一也確實是吸血鬼。

棺材非常簡易。約翰跳進坑底，直接掰開了被釘死的棺蓋，一個身穿傳統服飾的女性俯身趴在裡面，她面部朝下，雙手被綁縛在胸前。約翰把她抱出來，發現其口中被塞了一堆各類草藥。

「這肯定沒用，我摸到它們，但我完全沒事。」約翰拿出那些草藥，把女人的下顎推回原本的角度。

在克拉斯的指示下，約翰挖開屍體的胸膛，露出心臟。克拉斯把蜥人的心臟靠近它，並再次用約翰的指甲割破手臂。約翰一臉痛苦地轉過頭，克拉斯將血擠到兩顆心臟上，低聲念起咒語。

隨著血液向下滴落，蜥人的心臟逐漸枯萎，而屍體的心臟則微微顫動起來。它的色澤變得鮮亮，旁邊的血管以肉眼可見的速度恢復豐盈。最終，蜥人心臟變成了一團黑色乾枯的肉塊，女孩屍體胸前的肌肉與皮膚開始慢慢癒合。

「施法結束了嗎？」約翰已經站到了距克拉斯三十英尺之外。

「結束了。」克拉斯看了一眼手臂，「血還沒凝固……你要嗎？」

約翰一愣。白皙的前臂上掛著新鮮的、帶著熱度的血液，即使在黑夜裡，隔著三十幾英尺，這一幕也像近在眼前般清晰。更可怕的是，他能回憶起這個人血液的味道。唇舌與獠牙在向他的意志抗議，他不願意這麼做，而它們卻想再次品嘗。

約翰像暈船般轉過身，撐著樹木慢慢蹲下，伸出一隻手臂向克拉斯擺手。

克拉斯嘆口氣，用曾包裹心臟的外套擦了擦血液。「剛才就像是我在引誘你吸毒。」

「不，你的血液很好……我是說，我不是在排斥你……」約翰結結巴巴地說，「我表示過我的立場了，我不想這麼做……」

克拉斯說：「我想告訴你，我不是在跟你開玩笑，或者自以為施捨你什麼的，我是認真的。」

他的聲音很小，如果約翰不是血族，恐怕在這種距離下都難以聽清楚。

「就像你相信我一樣，」克拉斯說，「我也相信你。你從來沒有質疑我，甚至是在我的建議下加入協會。你認為我是朋友而不是食物，我也一樣。我認為你是朋友而不是怪物，你不用害怕被看到『身為血族比較恐怖的一面』什麼的，我是真知者，我從一開始就知道你的種族。而現在，我知道你不會傷害我，我信任你，所以如果你有需要，我願意提供幫助。」

「克拉斯，我懂你的意思。」約翰轉過身，在情緒徹底平復前，他一直低著頭不去看克拉斯的手臂，「確實，我不會傷害你，但如果我反覆對你那麼做，實質上就是在傷害你。我可以答應，將來在萬不得已時我不會拒絕，但現在不行。現在我願意做任何事，除了這個。」

約翰聽到踩著雜草與枯葉的腳步聲，克拉斯慢慢向他走過來。

「抱歉，」克拉斯說，「無論如何，人類的傷口沒辦法那麼快癒合，這樣會讓你不舒服嗎？」

「沒事，我能忍住，不然我怎麼獨自在城市生活這麼久的？」約翰抬起頭，「只要你別主動說什麼讓我吸血……你知道嗎？實際上人類的拒絕和恐懼對我們有好處，它們能幫我們維持理智。而如果人類展現出『邀請』的態度，我們會很容易妥協。」

「哦，怪不得，從古至今，在酒吧和吸血鬼調情的女孩一般會被弄死，她們過於熱情，所以容易被回報更大的熱情。」

「你寫過這種故事。那本書叫《紅鞋與破曉》，十八世紀的故事，講的是舞女露比被吸血鬼殺害，她女兒蕾拉長大後成為一個獵人，她偽裝成舞女，勾引深夜酒館裡的獵食者，把他們殺死……」

「這個故事是真的，」克拉斯垂下目光，「以前確實有這麼一個獵人，不是協會的人，也不是十八世紀的。他死於非命，他的友人告訴我他希望自己的經歷能被寫成故事，最好改編成漫畫，成為超級英雄被拍成電影什麼的……於是我就寫了這個故事。」

「你剛才說『他』？」約翰記得獵人蕾拉的故事相當黑暗，同時也相當……香豔。

克拉斯點點頭：「他本名叫雷昂。他母親確實是死在血族手裡，所以他幾乎只獵殺血族。不過他不濫殺無辜，他和很多血族上過床，有的是盟友，有的是工作的目標……大多數都是男性，當然也有女性。他經常裝扮成女人去狩獵。呃，把故事主角寫成『蕾拉』其實也是他自己的意願，為了讓故事更精彩，我把背景換成十八世紀。」

那本書中最驚人的一幕是：獵人蕾拉勾引接連殺人的殘酷吸血鬼，在做愛時，吸血鬼一邊進入一邊咬她的脖子，她有所防備，順利擊敗了他，並把木樁插進那個吸血鬼的屁股裡，還把項鍊十字架插進……他的前端那個孔裡。

約翰搓了搓臉頰，一副不知道是哭是笑的表情。

如果這段也是真的，結合「蕾拉」原形的真實性別，這個故事的糟糕程度頓時又翻了好幾倍。

「你以前的小說有多少是真的？」約翰問。

「只有《紅鞋與破曉》是真的。你不覺得它很特殊嗎？嚴格說來，它不能算恐怖小說。」

「呃，是的，其他故事通常是普通人遇到驚悚事件，只有這本的主角是獵人。我有點意外，我還以為你可以從工作裡得到很多靈感。」

「你好像開始採訪我了……」克拉斯故意開玩笑地退了兩步。

「好吧，克拉斯先生，」於是，約翰假裝手裡拿著麥克風，湊近過去，「這次您來到羅馬尼亞，還見到了正宗的吸血鬼，」他指指自己，「您滿意這次行程嗎？您這次旅行是為了躲開前妻……還有前夫嗎？請說兩句吧！」

克拉斯努力忍著笑，做出嚴肅的表情：「天哪，又是你！你要是再跟蹤我，我就要報警了！」

他們兩個都忍不住了，最終笑得又是彎腰又是拍樹幹。

「約翰，你真是當小報記者的料。」克拉斯擦著眼淚說。當他抬起頭盯著約翰時，他的笑容慢慢收斂，眼神逐漸轉為疑惑。

約翰也發現了自己身上的變化。他的獠牙露了出來，眼睛也微微發紅。「抱歉，情緒太激動時就容易這樣，沒想到連大笑也會……」

平時約翰肯定不會因為心情波動而讓獠牙伸出來，可是現在不同，他一直能聞到血腥味，能聽到從傷口處流溢出來的脈搏聲。聊些有趣的話題會讓他轉移注意力，但不能讓他屏蔽這些感覺。

「你這樣很難受吧。」克拉斯伸出手，想拍拍他的肩膀。可是約翰像是反射性般抓住了克拉斯的手腕。

克拉斯吃了一驚，但沒有掙扎，只是平靜地看著約翰。

約翰的手指抖了一下，大概是察覺到自己的反射動作有多麼令人難堪。手指接觸著克拉斯溫暖的皮膚，皮膚下的血管和心跳聲，近在咫尺的傷口傳來的氣味……約翰用力閉了幾下眼睛，獠牙漸漸收回牙床。

臂。

他手上稍稍用力，將克拉斯向前拽了一步。他偏過頭，嘴唇輕觸克拉斯帶著血跡的小

也許這應該算是一個輕吻。吸血鬼的牙齒就在那對微冷的嘴唇內，它們和傷口、血液的距離如此之近，但留在人類的手臂上的只有一個輕吻。

「我能做到自己說過的事。」約翰抬起頭，眼睛恢復了平時的灰藍色。

克拉斯看著約翰，忘了自己想說什麼。有種類似之前被吸血時的眩暈襲來，只有瞬間而已，這當然是錯覺。

他張了張嘴，努力擠出像平時一樣的笑容，把目光落到遠處，而不是約翰身上。

「啊，她……」稍微偏開目光，他看到了頗為奇特的畫面。

約翰也順著他的視線望去。在被挖開的墳墓邊，穿著羅馬尼亞傳統服裝的年輕女性趴在土堆上——是的，「趴」，身體鋪平的那個姿勢。她抬著臉，正疑惑不解地望著這邊，張開眼，閉上眼，不停重複。

「瑪麗安娜？」克拉斯嘗試著靠近。女孩用力點頭，眼睛到處飄忽，看上去驚慌失措。從不曾擁有視覺的她根本不知道該怎麼「使用」眼睛。

她最終閉上眼睛，喉嚨裡發出含混的聲音，費了好大的力氣才說出一句話：「你們是……克拉斯？約翰？」

瑪麗安娜重新活了過來，以人類的身體。起初她站不起來，因為她不會控制人類細長的手腳，就算勉強站起來也無法維持平衡，而且，以前她沒有視力，是依靠蜥人的感官來

辨識外界的，現在她獨有的感知能力不在了，突然出現的「視覺」反而令她驚慌失措。色彩與線條讓她失去了空間感，她必須閉上眼睛才能慢慢站起來。她像個嬰兒，幾乎走不穩。約翰決定乾脆背著她。

「這樣好像我小時候啊。」瑪麗安娜閉著眼睛，「那時我還是很小的蜥蜴，不會直立，我曾經趴在父親背上，他帶著我穿過一個個洞穴……」

「呃，妳現在幾歲了？」約翰知道她的新身體是「享年十九歲」。

「六歲多吧。」

「什麼！」

克拉斯跟在他們身後：「別這麼吃驚，瑪麗安娜是成年蜥人了。洞穴蜥人的平均壽命是二十五到三十年。」

「那現在呢？」約翰問，「我是說，她使用這個新身體後……她現在算是什麼？人類還是不死生物？」

「是人類。」克拉斯說，「用心臟轉移靈魂後，新的軀體會成為真正的活物，而不是僵屍。她會像人類一樣需要飲食，會流血，需要睡眠，也會衰老。」

瑪麗安娜似懂非懂地聽著，張開眼，目光來回在約翰和克拉斯之間移動。

他們三個在夜幕中走向公路，離開森林河灘，在身後留下了一個「羅馬尼亞吸血鬼果然存在，死去的年輕女人從墳墓中復活」的傳說。

到了他們。

第二天早晨就有獵人聽說某墓地有死者復活，當天傍晚，羅馬尼亞當地的獵魔人就找

當時，約翰正在一座農場外的廢棄倉庫裡睡覺，克拉斯帶著瑪麗安娜在屋裡。這家好心的老夫婦以為他們是遭遇搶劫的遊客兄妹。

獵人敲開門，他是個長著棕色落腮鬍的中年人，身穿西裝，自稱是「保爾警探」。老夫婦讓他進來，他走到克拉斯面前，打開手機，接通了和傑爾教官的視訊電話。

克拉斯和傑爾教官交談時，瑪麗安娜蜷縮在沙發上，一直盯著保爾看。自從她有了視覺，就喜歡這樣長時間盯著同一個東西。獵人被她看得渾身不自在，他暫時打斷克拉斯和傑爾的通話：「嘿，你的同伴怎麼了？她是不是害怕獵人？」

「應該不是。」克拉斯回頭對瑪麗安娜笑笑，再壓低聲音和獵人說：「她是無害的，相信我。」

「我知道她是無害的，你們的人告訴過我，你和血族一起行動，但我不喜歡被血族一直盯著。」

「哦，不是這樣。」克拉斯說，「她是……只是個人類，我的血族搭檔在休息。」

「他還不能承受陽光嗎？」

「他可以，但畢竟曬太陽不太舒服。你要見他嗎？我可以去叫他。」克拉斯用眼神示意「他就藏在附近」。

保爾撇了撇嘴：「哦……我的搭檔在附近巡視，說不定已經找到他了。」

約翰睡得很沉，因為之前實在太過疲勞。他把自己藏在一堆乾草下，根本沒發覺有人靠近。

穿著黑袍的身影站在倉庫門口，夕陽下，他的影子一直延伸到約翰藏身的草堆旁。他緩緩走過去，伸手碰觸約翰胸前的雜草，約翰還是沒有任何反應。

來者拿出一個扁酒瓶，打開蓋子，濃郁的血腥味頓時瀰漫開來。約翰猛然睜開眼，反射性地直直坐起來，緊接著又飛快地跳開，貼到牆邊，拉開距離。

「是誰？」約翰繃緊肌肉。他看到一個渾身黑紗長袍的人站在那裡，那種打扮他只在某些中東國家的婦女身上看過。

「別緊張，我的兄長。」穿黑紗的人說，「我叫丹尼，代表門科瓦爾家族讚美你的族裔。」

「我根本沒有兄弟！我只有一個妹妹！」約翰吼道。

丹尼雙肩一塌：「我還是直說吧。我是羅馬尼亞的門科瓦爾家族的孩子，我叫丹尼。門科瓦爾家族願意為你們提供幫助。這瓶東西是不成敬意的見面禮，考慮到你也許很疲勞，請隨意使用，不要客氣。」

約翰愣了一會：「……對不起，什麼？」

「見鬼的野生血族！」丹尼把裝著血的酒瓶重新蓋上蓋子，朝約翰丟過去，「聽著，我也是吸血鬼，我們家和人類結盟。今天我和同伴接到無威脅群體庇護協會的求助，現在專門來找你們。這瓶是新鮮血液，你喝不喝？這下總該聽懂了吧！」

約翰說了聲「謝謝」，撿起酒瓶。不管是從聲音還是姓名來判斷，丹尼絕對是男性，但他卻穿著中東婦女一樣的黑紗，甚至還蒙著面。約翰忍不住問：「你這樣是為了遮蔽陽光嗎？」

「是的，因為我年齡並不大。」丹尼說，「其實我能在夕陽下行動，眼睛也不太怕光線，但陽光仍會讓我的皮膚灼痛。我比你的年齡還小，所以剛才才稱呼你為兄長，這是領轄內的禮貌。」

「你怎麼知道我年齡比你大？」

「領轄內的血族當然有分辨方法。」丹尼語氣中帶著微微的自豪。

保爾和丹尼是一對獵魔人搭檔，保爾是人類，丹尼則是年輕的血族。他們帶克拉斯三人入住進附近的旅店稍做休息，清晨時他們會借來一輛廂型車接三人到布加勒斯特，廂型車能讓血族在白天更好地休息。

所有人都在煩惱該如何把瑪麗安娜帶上飛機。幸運的是，有富商願意幫忙，同意他們乘坐她的私人飛機離開。他們需要等待幾天，幫女孩弄一個臨時身分，畢竟，就算是私人飛機也要經過機場。

「那位高貴而富有的女士是門科瓦爾家族的長老。」到旅店後，丹尼自豪地說，「她同時經營著好幾家跨國企業，還以重金資助過你們的協會。」

保爾朝他咳了幾聲，丹尼故意無視他的提醒。

獵人幫忙訂了兩間房間，然後暫時離開。原本克拉斯打算讓瑪麗安娜自己睡一間——畢竟她現在是人類女孩。關上門沒過多久，約翰和克拉斯就聽到她在外面大喊大叫。

他們打開門，發現她像海豹一樣倒在門口的地毯上。沒有尾巴，她幾乎不知道怎麼走路。

「妳需要什麼？」約翰把她抱回房間。

「我只是想走出去看看，」瑪麗安娜面帶興奮地說，「結果我看到了那兩個獵人。」

「他們不是已經走了嗎？」

「現在是已經走了，剛才還在，在外面，長長的路的盡頭。」她的意思是「走廊盡頭」。她接著說：「克拉斯、約翰，人類和吸血鬼都很喜歡摸別人嗎？」

「什麼？」兩個人迷茫地看著她。

「約翰用嘴唇摸克拉斯，在我死掉又醒來的時候，我看到你用嘴唇摸克拉斯的手臂。當時我還不知道這就叫『看到』呢，也不知道那就是你們，只是覺得挺有趣的。」

約翰尷尬得不敢看克拉斯。克拉斯也差不多，但他還是嘗試向女孩解釋：「呃，一般這是表示友好的舉動，必須是彼此特別親密熟悉的人才能這麼做，妳不能對任何人都這樣。」

「我不會這樣的，蜥人不把嘴貼著別人的身體，在我們那裡這樣不禮貌，」瑪麗安娜嚴肅地說，「對了，我剛才想說，我看到保爾用嘴摸丹尼的嘴，還用手掌摸丹尼的那裡。」她指著約翰的兩腿之間。

約翰和克拉斯都露出「原來如此」的表情。

「保爾說丹尼太愛……誇耀，是這個詞。」她說，「丹尼說了別的，然後保爾扯掉了丹尼的面紗，丹尼和你們長得一模一樣！」

「怎麼會一模一樣？」約翰驚訝地問。

「你們都有尖鼻子、很軟的嘴唇、細長的脖子和朝向前方的眼睛！保爾的嘴邊有很多毛，你們和丹尼也有這種毛，但沒有他的明顯。」

「……好吧。瑪麗安娜，我必須提醒妳，妳現在也是這種長相了，只不過妳的下巴不會有這種毛。」

瑪麗安娜點點頭，摸摸自己的臉——她的第一反應仍然是摸，而不是照鏡子。她又說：「接著我看到，他們先用嘴巴摸彼此，再用整個身體摸彼此，丹尼還說『回車上』。」

「然後呢？」約翰完全能想像出整個畫面，瑪麗安娜的描述方式看似笨拙，其實反而十分細緻入微。

「然後我沒站穩，摔了一跤，他們就走了。」

克拉斯在偷笑，瑪麗安娜歪著頭問：「克拉斯，那真的是表達親密的意思？」

「嗯，對。一定要記住，不能對任何人都這麼做，知道嗎？」

「知道了。不過……昨天我看到約翰摸你了，你怎麼不也去摸他？」

在瑪麗安娜的視野裡，兩個男人同時無力地托著額頭。他們並沒互相商量就一起這麼做了，這讓剛學會看東西的少女感到困惑不已。

無威脅群體庇護協會

由於私人飛機的主人也是血族，他們的起飛時間是晚上，降落是在午夜。西灣市的機場裡，卡蘿琳和麗薩在接機通道外遠遠看到極為溫馨的一幕：克拉斯和約翰一左一右拉著黑髮少女的手，少女像剛踏上陸地的美人魚一樣，目光怯懦，腳步小心翼翼。

「天哪，他們竟然真的帶了一個女人回來！」卡蘿琳震驚地大叫。

「不，更像是生了個女兒回來……」麗薩托了托眼鏡。

接下來的幾天，克拉斯一直在協會裡處理瑪麗安娜的問題。他必須把整件事完整地報告給協會總部。他用了轉移靈魂的巫術，還帶回來一個需要照顧的蜥人女孩，雖然她現在是人類了。

約翰同樣要提交報告，但他不需要和協會總部直接聯繫。他寫了自己使用克拉斯的血進食，但他沒有提到當時的幻覺。

那些幻覺曾經非常清晰，就像是自己親身經歷的畫面般。當他從幻覺中清醒過來，轉身去對付深淵米諾陶洛斯和剪影蜘蛛的時候，黑暗通道與天空的影像還殘留在眼睛之中。

可是現在，他要很努力回憶才能想起細節，就像做夢一般。剛醒來時會覺得夢境清晰、敘事流暢，再過幾個小時，夢境的印象就會越來越淺。再過幾天，可能會記得自己「似乎夢到了很真實的東西」，但卻想不起來究竟夢到什麼。

約翰之前決定和克拉斯聊聊當時的情況，但現在他不知道該從何說起。

關於幻覺的內容，他能回憶起來的越來越少。他記得奔跑、樹林、天空和在樹林裡向

「他」伸出手的男人。

約翰不太記得那個男人的長相了，只記得他很高，似乎是黑髮藍眼……想到這裡，約翰愣住了。吸血鬼並不會感到寒冷，但此時他卻有種背上汗毛直豎的錯覺。

高個子的男人，黑髮藍眼。

就如同曾經蠱惑伯頓的那個人，協會在奧術祕盟殘餘勢力中遇到的那個人，殺死數位驅魔師與獵人的那個人。

他撥通克拉斯的號碼，決定不能再拖下去，必須立刻把這件事告訴克拉斯。克拉斯接起電話時，約翰聽到那邊似乎很吵鬧。

「你在忙嗎？我有很重要的事要告訴你……也許很重要吧。」約翰不確定地說。

「你說吧。現在才下午，你竟然醒著？」

「我睡不著。是這樣的，我……」約翰深吸一口氣，「我咬你的時候看到了幻覺，幻覺裡有那個醫師。」

電話那頭沉默了幾秒：「……等等，什麼？」

就像被逐漸遺忘的夢一樣，現在約翰幾乎難以複述它的細節。他盡可能說出自己記得的事，重點是有個黑髮藍眼的高個子男人。

克拉斯問：「你看到的人大概幾歲？」

「很年輕，我不太確定具體的……」

「協會遇到的那位，當時至少有四十歲以上。」克拉斯像是在自言自語，他又沉默了一會，說：「你是說，你看東西就像是自己的視角？並不是像看電影一樣？」

「對，我能看到『自己』的手腳什麼的，當然，那不是我自己的。甚至……也不是你的。」

「幻覺裡的『你』大概幾歲？」

「不確定。我只記得他很高，肯定不是小孩。」

「約翰，日落後到協會來。」克拉斯似乎拿著電話走出房間，那些吵鬧聲小了很多，「我們必須接受調查和偵測，我們兩個都要。」

「什麼？為什麼？」

「首先，我不該用巫術，他們本來就必須對我進行檢查，看我的靈魂有沒有被汙染。」

約翰不清楚檢查和汙染是什麼意思，他靜靜聽克拉斯說下去。

「其次，你在吸血時看到的不一定是我的記憶，也有可能是你的血裔的。」

「不可能！那並不是我自己的身體……」

「我知道，我是說『你的血裔』，而不是你。你應該明白血族是怎麼繁衍後嗣的，你所繼承的血脈中帶有你的父親和先祖的力量，這些東西很可能帶著別的東西一起進入你的靈魂，就像拔出作物時根部的泥土一樣。」

「你是說，我父親或其他長輩有可能見過那位『醫師』？」

「不一定。那是不是同一個人都難以確定，畢竟高個子的黑髮藍眼男性很常見。總之，日落後來協會，協會總部的驅魔師正在西灣市，他們可能會對我們使用幾個法術，不用擔心。」

約翰不可能不擔心。這種心情就類似人類準備去醫院前，儘管知道自己不會被傷害，心裡還是會七上八下的。

協會總部的驅魔師是幾個老人，倒是十分符合電影與小說裡的「驅魔師」形象。他們很溫和，像風趣的牙醫一樣安撫自己的「病人」。

檢查與偵測很快就完成了。約翰走出隔離室時，對面另一間房間也打開門，克拉斯坐在椅子上，正在接受詢問。

之後他走出來拍拍約翰的肩膀：「他們什麼都沒有探查出來。」

「他們能看你的記憶嗎？」約翰問。

「當然不能。但是，他們能探知我的靈魂是否有逐漸墮落的傾向。巫術不是好東西，我們通常不用，因為它總是一再要求祭品，巫師會在不知不覺間逐漸獻上他們的靈魂。」

「就像《闇龍紀元》？」

「那是什麼……」克拉斯問。

「竟然有你不知道的東西！」約翰很驚訝，「是個遊戲，你的描述讓我想起那裡面的法師。哦，對了，那關於我的幻覺呢？」

「他建議我們接受普通精神醫師的催眠治療，據說在這方面，科學比法術有用。」

這說法讓約翰想起被ＵＦＯ綁架的人類。可是催眠治療只能讓克拉斯去，如果沒用還好，要是有用，醫生絕對會被約翰陳述的記憶嚇壞的。

克拉斯帶約翰走向會議室：「你知道嗎？我現在有一個好消息和一個壞消息。」

「這種臺詞真常見。」

「所以，我們就先看好消息吧。」克拉斯推開會議室的門。

傑爾教官坐在最前面，圓形長桌坐滿了西灣市附近的協會工作人員。

瑪麗安娜換了一件衣服，正扶著牆練習行走。在她身邊保護她的是兩個年輕女性，淺金色頭髮的北歐少女和黑髮棕色皮膚的薩摩亞女孩。

「奈特！莫寧！」約翰驚喜不已。之前，大家都以為這兩個迷誘怪已經葬身火海了。

當奈特轉過身時，約翰的笑容僵住了。他的右手不見了。更準確說，他的整個右前臂不見了。現在斷口上還包裹著紗布，被半固定在身體上。

莫寧和奈特向協會詳細講述了那天發生的事。

在接觸蜜雪兒時，奈特就已經被下了咒語，當蜜雪兒把寫了電話號碼的字條留給他時，他接物的右手上被留下了隱形符印。這些是克拉斯和傑爾教官總結的，迷誘怪並不瞭解法術的運作過程。

九天後，也就是火災之前，奈特的手開始出現異狀。由於驚慌和恐懼，莫寧和奈特已經從女孩變成了壯漢，眼睜睜看著奈特的手上浮現出奇怪的字元，短短幾秒內，他們當機立斷，割除了這段肢體。

聽到這裡，瑪麗安娜小聲地說了一句：「我們也會對尾巴這麼做……」不過沒有人回應她，她閉上嘴繼續默默聽著。

事實證明，莫寧和奈特的決定是對的。哪怕再晚一點點，他們就會死在比普通火焰更灼熱的法術之中。他們跑出屋子，不到一秒鐘，身後的房屋和草坪化作煉獄，他們的頭髮和背部都被熱浪燙傷了。

當時他們的樣子是高大的男性，即使有同一街區的人看到兩個互相攙扶的男人，也想不到這是失火房子裡的那對女性。

莫寧說，當時他攙扶著奈特，不知道該怎麼辦才好，他們不能去人類的醫院，因為他們有可能在醫生面前變形，引起很大的騷動。正在想辦法聯繫協會時，他們遇到了一個中年人——個子很高的中年男性，藍眼睛，黑髮，自稱是醫生。

克拉斯、約翰和傑爾教官都沉默著，他們只能繼續聽下去。約翰知道，這就是好消息之後的壞消息了。

醫生快速地把兩個迷誘怪接上一輛房車，幫奈特緊急處理傷口。迷誘怪的身體和人類並不完全一樣，體格也比人類強健，這一點真是萬幸。醫生邊為他治療邊快速地告訴他們：「不要驚慌，我知道你們不是人類，我很擅長處理這些事。」

接下來的幾天，奈特一直在醫生的房車裡修養，接受治療，莫寧守在他旁邊。迷誘怪的自癒能力比人類強大很多，沒過幾天，奈特基本不需要照顧了。他和莫寧回到火災地點看了看，再回去時，醫生的房車已經消失不見。醫生就這麼離開了，連告別都沒有。

那個男人沒有說出名字，只是自稱醫生。起初兩個迷誘怪以為他是協會的人，所以才會一直相信他，甚至在傷勢嚴重時都沒想起與協會聯繫。

「這些我已經寫進了事件報告裡，」傑爾教官說，「和克拉斯的報告一起，這些東西會分發至協會在全球的每一個工作站。不論那位『醫生』是不是我們見過的奧術祕盟殘黨，我們都得對他多加小心。關於約翰在『緊急處置』時看到的幻覺，我們也只能先假定與他有關。」

「什麼是『緊急處置』？」約翰小聲問克拉斯。

「就是指在需要時你吸我的血。」

會議結束後已經是晚上十點，對人類而言，這是該回家休息的時間了。驅魔師和獵人們小聲與傑爾、克拉斯等人告別，離開大廈。

卡蘿琳和麗薩準備帶瑪麗安娜一起回家。當然不是回黑月家，而是她們在西灣市自己租的屋子。

瑪麗安娜對克拉斯和約翰依依不捨。不過她很清楚自己現在是人類女孩，不能一直跟著他們。她靠在卡蘿琳身上，小心翼翼地對他們擺擺手。

「等練習好走路，我會自己走來找你們。」瑪麗安娜說，「我也想留在這裡工作。」

麗薩幫她把頭髮攏到耳後，給她一個鼓勵的微笑：「妳還要學會怎麼判斷距離。別擔心，慢慢來，我們會教妳。」

瑪麗安娜雖然能活下去，卻不再有蜥人的力量與敏捷，她對人類身體的瞭解連小孩都不如。她確實需要別人的照顧和教導。把她交給麗薩，約翰很放心，他反而對卡蘿琳不太放心。大概由於第一印象，他一直覺得卡蘿林很可怕。

「她現在是普通人類了，好好照顧她……」他看著麗薩說。

卡蘿琳搶先回答：「你放心吧，我和麗薩都不是吸血鬼，不會喝光處女的血。」說完，她將手提包交給麗薩，自己手上用力，把瑪麗安娜橫抱起來，走向電梯。

麗薩聳聳肩，小聲對約翰說：「這種態度說明她當你是自己人。」說完她也跟了上去。

穿鉚釘夾克、騎重型機車的惡魔洛山達在會議室角落笑出聲來：「約翰，聽說你吸了克拉斯先生的血，是嗎？」

「呃，是的，怎麼了……」約翰把這寫進報告裡了，當然不是什麼祕密。

「喔，那就對了。說明你不是『只喝處女鮮血』的老古董。」說完，惡魔一溜煙跑出會議室，直接從樓梯間飛奔下去。

傑爾教官清了清喉嚨，把約翰和克拉斯從尷尬中及時解救出來：「嗨，克拉斯，你應該已經知道了，因為巫術，協會肯定會對你做出懲罰。」

克拉斯點點頭：「我知道。其實他們的懲罰很輕了。」

「什麼？他們會懲罰你？」約翰緊張地看著克拉斯。

「沒事的，只是扣了點薪水，還叫我暫時頂替某個誰都不想做的差事而已。」

傑爾又看向約翰：「約翰，你不用替他擔心。因為你們是搭檔，所以那件差事你也有分。當然，名義上來說這不是懲罰，只是……這確實沒人喜歡做。協會在這個時候決定讓你們去，效果也和懲罰差不多了。其實卡蘿琳曾經主動表示想去，但她是女孩，住宿上不太方便。」

「是什麼事？」

「還記得吞吃鄰居財產的膠質人嗎？以及她那個衝動的膠質人丈夫？」傑爾教官向他們遞出兩份資料，「他們被關押在協會和國際獵魔人組織聯合設立的監區，是個祕密場所，位於地下，在林德加工出口區附近。」

這個祕密監區並不大，不足普通人類監獄平均的一半。資料中稱它為「地堡」，很多產生危害但罪不至死的黑暗生物和異怪等等都被羈押在那裡。

就在前幾天，一個警衛突發急病必須離開，另一個警衛因為心理壓力過大而丟下工作直接跑掉了，於是，在新員工經審核進駐前，這裡少了兩個警衛。關押怪物的監區不比人類監獄，哪怕少一個警衛都會多一分危險，何況是兩個。

監區警衛幾乎都出自國際獵魔人組織，而非無威脅群體庇護協會。因為林德加工出口區距離西灣市不遠，所以「地堡」才臨時向西灣市的協會辦公室求助，暫時借調人手。畢竟，他們很相信協會的驅魔師和調解員。

「我們也只能去了，這時候最好表現得聽話點。」克拉斯拿著資料，無奈地笑了笑。

「為什麼沒有人願意去呢？」約翰問。

傑爾教官和克拉斯對視了一下，說：「等你去了就會明白的。」

——《無威脅群體庇護協會01》完

高寶書版集團
gobooks.com.tw

BL054
無威脅群體庇護協會01

作　　者　matthia
繪　　者　hinayuri
編　　輯　任芸慧
校　　對　林雨欣
美術編輯　林鈞儀
排　　版　彭立瑋

發 行 人　朱凱蕾
出　　版　英屬維京群島商高寶國際有限公司臺灣分公司
　　　　　Global Group Holdings, Ltd.
地　　址　臺北市內湖區洲子街88號3樓
網　　址　www.gobooks.com.tw
電　　話　(02) 27992788
電　　郵　readers@gobooks.com.tw（讀者服務部）
　　　　　pr@gobooks.com.tw（公關諮詢部）
傳　　真　出版部　(02) 27990909　行銷部 (02) 27993088
郵政劃撥　50404557
戶　　名　三日月書版股份有限公司
發　　行　三日月書版股份有限公司/Printed in Taiwan
初版日期　2021年 2 月

國家圖書館出版品預行編目(CIP)資料

無威脅群體庇護協會/ matthia著.-- 初版. -- 臺北市：高寶國際出版：三日月書版發行, 2021.02-
冊；　公分. --

ISBN 978-986-361-864-5(第1冊：平裝)

857.7　　109007475

三日月書版

三日月書版

GOBOOKS
& SITAK
GROUP©

GOBOOKS
& SITAK
GROUP©